떡볶이가 뭐라고

김민정
에세이

뜻밖

1

떡볶이가 너무 먹고 싶어서

Contents

2

인생은 가끔 매콤 짭짤한 떡볶이

Prologue

이렇게나 그리운데 그렇게나 애석한

"떡볶이에 관한 에세이가 없다니요. 작가님께서 떡볶이 에세이를 한번 써보실래요?"

편집자는 그렇게 말을 걸어왔다. 느닷없는 제의는 아니었다.

늘 그리웠다. 누군가는 그게 뭐라고, 하고 되물을지도 모른다. 그런데 그게 뭐야 싶은 그것이 왜 그토록 그리운 존재가 된 것일까?

그렇다, 나는 떡볶이에 대한 글을 쓰고 싶었다. 트위터에도 그렇게 적었다. 물밀 듯한 그리움을 어딘가에 털어놓지 않고는 배길 수 없을 것 같았다.

떡볶이란 과연 무엇인가? 떡볶이는 추억이다. 떡볶이는 과거다. 오늘의 즐거움이다. 내일을 살게 하는 힘이다. 소울푸드다. 사랑이다. 괜한 그리움이기도 하고 구체적인 절절함이기도 하다.

길을 가다가 포장마차 앞에 멈춰 서서 한 접시 시켜 먹어도 좋고, 다양한 메뉴가 전시된 분식점에 가서 시켜 먹어도 좋다. 점심으로도 간식으로도 좋다. 파티에도 어색하지 않다. 새하얀 타원형 접시에 담긴 떡볶이는 제일 먼저 손이 가는 음식이다. 통이 넓은 냄비에 보글보글 끓는 상태로 내놓으면 더할 나위 없다.

재료는 간단하다. 떡과 약간의 채소와 고춧가루 또는 고추장, 간장, 그리고 설탕. 레시피가 없다고 두려워할 것도 없다. 재료를 넣고 볶거나 끓이면 그만이다. 누가 해도 그 맛인데, 또 아무리 해도 그 맛은 아닌 오묘한 음식이다. 쌀떡으로 만들어도 좋고, 밀떡도 괜찮다. 그럼에도 불구하고 쌀이네 밀이네 파로 나뉘어—거짓말을 조금 보태— 2박 3일 동안 친구들과 수다를 떨 수 있을 것 같다.

오랜 고민 없이 쓰겠다고 답했지만, 오랫동안 쓰지 못

했다. 글로 풀어내기엔 떡볶이가 너무나 위대한 존재였다. 만인의 사랑을 받는 음식을, 어떻게 풀이해야 좋을지 사실 막막했다. 그러는 사이, 번역 의뢰들이 들어왔고, 모리미 도미히코의 에세이를 번역하면서, 떡볶이에 대한 그리움을 오롯이 담아보고자 마음먹게 되었다. 모리미 도미히코가 자신의 머릿속 생각들을 두서없이, 하지만 진솔하게 풀어낸 것처럼.

사실 외국에 사는 한국인에게 가장 그리운 음식이 바로 떡볶이다. 참 이상한 현상이다. 집에서 자주 먹는 음식이 떡볶이였을 리는 없다. 즉, 환상적이라고 치켜세우는 '엄마 손맛'에서 비롯한 음식은 아니라고 장담한다. 그럼에도 불구하고 대체 왜 떡볶이가 그렇게나 그리운 것일까?

그런데 실은 한국에 가도 그렇게나 그리웠던 떡볶이

는 언제나 뒷전이 된다. 초등학교 동창은 근처에 맛있는 해물 칼국숫집이 생겼다고 한다. 중학교 때 동창은 몸을 챙기라며 삼계탕집으로 이끈다. 고등학교 때 친구는 오랜만에 한국에 왔으니 고기를 먹어야 한다며 불고기집으로 데리고 간다.

"뭐 먹고 싶어?"

"응? 떡볶이."

"뭐? 그건 나중에 네가 사 먹어. 오랜만에 만났는데 대접하기엔 좀 그렇다."

친구들은 그렇게 말한다. 친척이 없는 내겐 해당되지 않지만, 가족이나 친족 품으로 돌아간 이들에겐 상다리가 부러질 듯한 식탁이 기다리고 있을 것이고, 아마 나와 비슷하게 삼겹살, 불고기, 장어, 족발, 수육, 삼계탕, 치킨 등을 먹으며 내내 배를 두드릴 것이 분명하다.

물론 타인의 권유 때문만은 아니다. 세상에서 가장

맛있는 음식들은 모조리 한국에 있기 때문에, 한국에 가면 간장게장도 먹어야 하고, 추어탕도 먹어야 하고, 갈치조림이며 만두도 챙겨야 하는 데다, 얼마 전 먹어보고 쏙 반한 어복쟁반도 빠뜨릴 수 없는 해외 이민자로서, 그렇게나 그립던 떡볶이는 애석하게도 뒷전으로 밀린다. 그리하여 공항에 도착했을 무렵에는 아쉬움이 한가득 가슴에 어린다.

'어? 그러고 보니, 떡볶이를 못 먹었네. 다음번엔 꼭 떡볶이를 먹어야지.'

아예 떡볶이 투어를 하자고 마음먹지만, 그 다음번이 언제가 될지는 그 어느 누구도 알 수 없다. 그렇게 작정한 자기 자신마저도.

떡볶이와 물리적으로 멀리 떨어져 사는 까닭에, 떡볶이에 관한 글을 쓰는 것이 무척 두려웠다. 외국에 산다는 사실을 글에서 밝히지 않고 써보는 방식도 고려했다. 그러나 쓰는 이의 모든 것이 뚜렷이 드러나는 것이 글이기에 작가의 입장을 끝까지 밝히지 않는 고난도의 글쓰기를 해낼 자신이 없었다. 자신감 때문이 아니라 능력이 없었다고 고백해도 될 것 같다. 대신 꾸밈없이 털어놓고자 한다. 떡볶이에 대한 그리움을 지면에 한껏 담아내볼 심산이다. 지구 어딘가에서 떡볶이를 그리워할 사람들과 소소한 이야기들을 공유하고 싶은 까닭에.

2019년 도쿄에서

김민정

1
떡볶이가 너무 먹고 싶어서

봄날의 떡볶이를 좋아하시나요?

'봄날의 곰을 좋아하세요?'

하다못해 봄날의 곰을 좋아하느냐고 물은 것이 벌써 2003년인데, 아무도 떡볶이를 좋아하느냐고 쉽게 묻지 않는다. 적어도 영화 속에서는 그렇다. 아직 어느 누구도 영화 제목에 '떡볶이를 좋아하느냐'고 붙인 이가 없다. 봄날의 떡볶이를 좋아하세요? 여름날의 떡볶이는 어떤가요? 그럼 가을은요? 겨울날의 떡볶이도 좋아하세요? 이렇게 적고 보니, 그럴싸하지 않은가. 떡볶이로 영화 제목을 만들어도 이상할 것이 없다. 그러나 아무도 떡볶이를 주연시킬 생각이 없어 보인다.

봄날의 떡볶이는 춘곤증에서 깨어나게 해준다. 수

업 시간 내내 졸거나, 졸음을 참으려고 교과서에 쓸데없는 낙서를 하다가도 방과 후 노점상에서 비닐을 씌운 녹색 접시 위에 얹힌 떡볶이를 한입 베어 물면, 잠이 확 달아난다. 매콤함이 혀끝을 알알하게 한다. 달콤함이 입안에 오래 남아 감돈다. 떡볶이 냄새만 맡아도 잠은 금세 달아난다. 학교 교실에 떡볶이가 있어서 졸린 학생에게 한입 주거나 아니면 떡볶이 냄새 나는 스프레이라도 한번 뿌린다면 졸음이 싹 달아날지도 모른다. 물론 떡볶이 스프레이는 최루가스처럼 엄청난 매움을 동반하지 않을 것이 전제다.

여름날의 떡볶이는 또 어떤가. 참 이상한 음식이다. 맵고 달고 짠 이 독특한 음식은 더운 여름에도 그 맛이 궁금해진다. 아니, 이미 알고 있는 맛인데도 또 먹고 싶다. 땀을 뻘뻘 흘리고 걷다가 챙이 짧아 그늘도 별로 없는 노점상 앞에 서서 감히 떡볶이를 달라고 주문한다. 이 더위에 괜찮겠냐는 표정으로 노점상 주인은 손님을 맞는다. 그들은 대부분 무뚝뚝하고 쓸데

없는 말을 하지 않는다. 날렵한 솜씨로 비닐을 씌운 접시 위에 떡볶이를 담고, 덤으로 오뎅 국물—표준어로 어묵이라고 불리지만, 오뎅이라고 했을 때의 그 멋도 버릴 수 없어, 오뎅이라 적는다—을 따른다. 맵고 달고 짜고 뜨겁다. 왜 냉떡볶이는 없을까 싶다. 떡이 굳으면 딱딱해지니까 어쩔 수 없다지만, 한국인의 정체성과 떼려야 뗄 수 없는 음식인데 시원한 걸로 하나 주문하고 싶어진다. 한편으론 이열치열 더운 날에도 기를 쓰고 먹는 떡볶이는 이 더위도 이겨보겠다는 의지의 표현인지도 모른다.

가을은 떡볶이와 잘 어울린다. 식욕의 계절이란 식상한 이유도 들 수 있을 것이다. 노점상은 비좁고 서서 먹어야 해서 오픈 카페와는 다르지만, 일단 외부와 통해 있고 선선한 바람이 불고, 가을의 애처로움도 묻어난다. 서서 음식을 먹는 행위는 약간의 처량함을 동반하지만, 일종의 향수 어린 행위이기도 하고, 가을날의 쓸쓸함과 노점상은 잘 어울리는 콤비다.

영국에 떡볶이 노점상이 있었다면 영국 신사가 챙이 좁은 중절모자를 쓰고 가을날 떡볶이를 먹는 모습이 영화화되었을 것이고, 프랑스에 있었다면 줄무늬 티가 잘 어울리는 안네 카리나 같은 파리지앵들이 발레슈즈처럼 굽이 낮은 구두를 신고 떡볶이를 먹는 장면들이 이미 영화화되지 않았을까? 그런 상상을 하면 괜히 즐거워진다.

영화 〈리틀 포레스트〉의 떡볶이도 떠오른다. 프라이팬에 기름을 두르고 마늘과 고추를 넣어 볶다가 쌀떡을 추가한 기름 떡볶이는 여자들의 수다에 매콤한 스파이스를 더해준다. 매운 떡볶이를 한입 가득 넣고 "맵다"고 투정을 부리며 웃을 수 있는 우정은 얼마나 달콤한가. 카디건을 걸치고 먹는 떡볶이와 함께 소소한 대화를 나눌 수 있는 친구는 완전무흠의 조합이다. 가을은 그래서 떡볶이가 참 잘 어울리는 계절이다.

겨울에 노점상에서 추천하는 음식은 뭐니 뭐니 해도 떡볶이와 오뎅이다. 날씨가 영하 20도까지 떨어지면 노점상의 김밥들은 얼어버리고 튀김도 마찬가지다. 오뎅 국물이 몸을 녹여주고 떡볶이의 매콤함이 추위를 견디게 해준다. 굳이 그 추운 겨울날 노점상에 서서 음식을 먹을 이유는 없지만, 그럼에도 불구하고 그 싸늘한 공기 틈으로 코를 간질이는 떡볶이의 냄새에 넘어가지 않는 사람은 드물 것이다.

떡볶이의 계절이란 것이 있을까? 봄 여름 가을 겨울, 떡볶이는 언제 먹어도 좋다. 개인적으로 가을을 선호하지만 사계절 내내 먹어도 그다지 질리지 않는다. 질렸다가도 또 금세 마음을 빼앗겨버린다. 어쩌면 계절 탓이 아닐 수도 있다. 매일매일 살아가기 위해선 삶에 동기 부여가 필요하다. 매일 아침 신나게 눈을 뜰 수 있다면 얼마나 좋을까? 아니, 주 3회라도 그렇게 눈뜰 수 있다면 얼마나 좋을까? 어떤 한 주는 눈꺼풀이 마냥 무겁고, 일어나야 하는 일에 동기 부여를 하지 못해 침대 안에서 꾸물대다 지각을 하거나, 중요한 회의를 뒤로 미루기도 한다. 애써 일어났지만 솟아

오르는 짜증을 참지 못하고 주변 사람들에게 야멸차게 대하는 날도 있다. 살아 있음에 신바람이 나지 않은 날은 어느 계절에나 찾아온다. 오늘 눈을 뜨고 침대에서 일어나 아침밥을 먹고 출근을 하거나 학교에 가거나 또는 누군가를 출근시키거나 통학시키기 위해 떡볶이가 필요한 날이 있다. 떡볶이를 먹고 또 하루를 버틸 용기를, 힘을 얻을 수 있다면 다행이다 싶다. 인생에서 가장 중요한 것은 오늘도 살아야겠다는 동기 부여이고, 떡볶이는 어느 계절에든 동기 부여에 가장 적절한 음식이다.

당신은 어느 계절의 떡볶이를 좋아하시나요? 어느 계절에든 어울리는 떡볶이는 요물이다.

아브라카다브라를 외치는 밤

떡볶이 순대 선짓국.

떡볶이 순대 선짓국.

떡볶이 순대 선짓국.

떡볶이 순대 선짓국 게장 냉면 짜장면 짬뽕 수육 불고기…….

우울한 날에는 주문을 외운다. 도깨비방망이가 있다면 무엇을 부탁하면 좋을까? 쿵따리 샤바라, 금 나와라 뚝딱, 은 나와라 뚝딱, 비비디 바비디 부!

그러나 이 어리석은 자는 금은보화는 고사하고, 떡볶이 순대 선짓국을 외칠 것 같다. 그렇게 세 가지 소원은 순식간에 사라져버리리라.

아, 마음 내킬 때마다 떡볶이 순대 선짓국을 먹을

수 있는 사람들은 얼마나 행복할까? 몸이 지쳐서인지 추어탕이 눈앞에 아른거린다. 상상만으로도 걸쭉하고 매콤하면서 진한 국물이 입안을 맴돈다.

살다 보면 세상에서 가장 맛있는 음식이 두말할 나위 없이 모조리 한국에 있다는 사실을 알게 되는 나이가 찾아온다. 내가 한국 음식을 이렇게 좋아했던가? 주말엔 피자를 시켜 먹고, 어릴 땐 짜장면만 밝혔는데……. 밥, 국, 밑반찬이라면 질색이지 않았던가. 엄마의 멸치볶음과 오징어무침을 좋아했지만 뜨거운 여름날 땀을 삐질삐질 흘리며 불 앞에서 멸치를 볶거나 장조림을 졸이고 두부를 부치고 있는 엄마가 미련하게 보이기도 했다. 어리석게도 가사 노동을 그렇게 보잘것없는 것으로 여겼다. 그럼에도 불구하고 짭조름한 장조림, 갓 캐온 흙냄새가 향기로운 냉잇국, 한 번 젓가락을 대면 멈출 수 없는 가지나물, 입에 척척 달라붙는 쌉싸름한 호박잎쌈이 머릿속을 떠나지 않았다. 남녀노소 누구에게나 부담 없는 삼계탕, 병원

식당에서 으레 시키게 되는 갈비탕, 언제 먹었는지 모르겠지만 머릿속에서 떠나지 않는 해장국, 수육, 선짓국, 설렁탕, 된장찌개, 고추장찌개, 제육볶음, 간장게장, 양념게장, 감자전, 육전, 해물전, 김치볶음밥…….

한국에 살 때 떡볶이는 흔한 음식이었다. 그만큼 가치를 두지 않았다. 자주 입에 대지도 않았다. 길거리를 걸어가다가 우연히 마주치는 빨간 떡볶이는 매콤한 냄새로 그 화려한 색으로 사람들을 유혹했고, 그 유혹이 적나라하면 적나라할수록 고개를 빳빳이 들고 저항해야 했다. 부질없는 자존심이다. 도도한 척 거르던 그 음식이 외국에 나오니 간절했다. 떡볶이만 먹으면 오늘 밤을 새서 일본어 단어를 외우고 내일 당장 일본어 능력 시험에 합격할 것 같고, 떡볶이만 먹으면 논문을 금세 써서 제출할 것 같고, 떡볶이만 먹으면 프로그래밍 언어가 술술 풀려 게임이 하나 나올 것 같고, 덜컥 통과되는 기획서를 들고 회심의 미소를 지을 수 있으리라. 어찌 됐든 내일이란 미래가 무척

밝을 것이란 망상에 사로잡히게 하는 음식이 떡볶이다. '떡볶이만 먹으면' 뭐든 이룰 수 있을 듯하다. 그러니 도깨비 방망이나 세 가지 소원보다 떡볶이가 간절한 것은 당연지사가 아닐까.

일본은 한국 바로 옆에 있는 섬나라이며, 그래서 한국과 무척 비슷할 것이란 인상이 강하지만 닮았음에도 미묘한 차이가 있다. 일단 떡이 그렇다. 일본의 떡들은 주로 찹쌀로 만든다. 일본인들은 씹는 재미보다 달콤함을 선호한다. 찹쌀떡에서 찹쌀은 사실 조연쯤에 해당한다. 찹쌀떡의 주연은 달콤한 팥 앙금이다. 일본에서 찹쌀떡을 사면 떡 부분은 한갓 막에 지나지 않으며 팥만 듬뿍 든 것이 사랑받는다는 사실을 알 수 있다. 게다가 야구장에도 영화관에도 오징어가 없으며 쥐포도 구하기가 쉽지 않다. 씹는 재미는 굳이 비교하자면 한국이 압승이다. 맵쌀로 떡을 빚는 한국은 떡 그 자체가 주인공이다.

여하튼 떡볶이가 먹고 싶은데 한국 떡을 구할 수 없

을 때는 근처 마트로 가, 사각형으로 썰린 딱딱하게 굳은 찹쌀떡을 사온다. 그 단단한 찹쌀떡을 길게 썰어 떡볶이 떡처럼 보이게 만든 후, 기름 떡볶이를 만든다. 찹쌀떡은 국물에 약하기 때문에 기름에 살짝 볶아야만 그 쫄깃함을 즐길 수 있다. 설상가상으로 고춧가루나 고추장이 없을 때는 시치미로 대신한다. 시치미는 고춧가루와 후추, 산초 등 7가지 향신료를 섞은 조미료다. 떡볶이 본연의 맛과는 전혀 다른 음식이 탄생하지만, 그래도 먹을 만하다고 자신을 추켜세운다. 도전한 자, 무언가 얻게 되는 법이다. 이런 조합 두 번 다시 만들지 않겠다는 결심도.

간신히 신오쿠보 한인타운에 가서 떡볶이 떡과 고추장, 고춧가루 등의 재료를 사 모았다고 치자. 조용한 밤, 프라이팬에 물을 붓고 떡을 넣고 양념장을 만들어 끓여본다. 냄새는 고소하다. 떡볶이 냄새가 부엌에서 거실로 퍼져나간다.

'어, 된 거 같아!'

그런데, 이게 웬일인가? 아니, 이 맛이 아니잖아. 부족하다. 무언가 부족하다. 세상에서 가장 어려운 일은 그 부족함을 찾아내는 일이다. 포인트는 '무언가'다. 단맛인지 짠맛인지 매운맛인지 도대체 뭐가 부족한지를 알아야 적절한 조미료를 더할 수 있을 텐데 도저히 알 수가 없다. 혹시 다시다가 필요한 거야? 그런 거야? 그러나 무슨 배짱에서인지 다시다 같은 인공조미료는 일절 사지 않겠다고 머나먼 옛날 스스로와 한 뜨거운 약속 때문에 곁눈질만 하다 당당하게 한인타운을 벗어난 자신을 이제 와서 후회해봤자다. 떡볶이를 만들다가 맛의 미로에 빠진 자는 좀처럼 헤어날 수 없게 된다.

'아브라카다브라! 제발 그 맛을 좀! 비비디 바비디 부!'

아니, 이게 아니야! 어차피 요리는 '정성'이라잖은가. 그래, 정성을 들이면 되는 것 아닌가? 그럼 기도라도 드려야 하는 걸까. 정성으로 가능한 일이라면 해보겠다만, 무슨 정성을 어떻게 들여야 하는지 과연 그

해답은 누가 가지고 있을까. 간장을 넣었다가 소금을 넣었다가 고추장을 넣었다가 설탕을 추가하다 보면, 그 맛이 어찌 되었든 뭔가를 제대로 만들어보겠다는 의욕만 불타오르는 것이다.

인생도 가끔 그렇다. '뭔가'가 부족하다고 느끼는데 그 뭔가가 무언지 잘 모르겠다 싶은 순간이 있고, 사실은 다시다처럼 강력한 인공적인 힘, 이를테면 타인의 도움 같은 실질적인 힘이 필요한데도 자존심 때문에 부탁하지 못하는 상황은 셀 수 없이 많다. 돌아서 가더라도 내 길을 가겠다고 생각한 순간, 간장을 부었다가 소금을 넣었다가 고추장을 추가해 짜디짠 인간이 되는 순간도 있고, 뭘 넣어도 안 되겠다 싶어서 심심한 인간이 되기도 하는데, 그럼에도 불구하고 언젠가는 그 어떤 부족함을 찾아내어 제 갈 길을 갈 게 분명하다는 근거 없는 배짱이 생기기도 한다. 마치 언젠간 떡볶이 간을 맞출 날이 있다고 믿는 것처럼. (간 맞추기가 얼마나 어려우면 이런 개똥철학에까지 도달하는 걸까.)

그나마 떡볶이는 재료만 사오면 누구나 도전할 수 있는 요리지만, 순대는 어떤가? 순대가 너무 먹고 싶어서 만드는 법을 인터넷으로 검색했는데, 일단 일본에서 돼지 내장과 피를 구하기가 너무나 어려웠고, 그 내장을 입수한다고 한들 깨끗하게 씻어서 제대로 만들 자신 또한 없었다. 선짓국도 마찬가지다. 먹어만 봤지 만드는 것을 본 적이 없는 요리는 어찌 도전하면 좋을지 까마득하다.

누구나가 간편한 재료로 쉽게 도전할 수 있지만, 아무도 그 맛의 비법을 온전히 터득할 수 없는 떡볶이의 존재는 그것만으로 정말이지 매력적이다. 그러니까 조신하게, 떡볶이를 대령하렴, 지니야.

트위터와 떡볶이

설마 거기 인생의 동반자들이 그렇게나 많으리라곤 상상하지 못했다. 옷깃만 스쳐도 인연이라는데, 옷깃이 스칠래야 스칠 수 없는 인터넷상에 그런 인연들이 있으리라곤 상상하지 못했다.

판도라의 상자 속에는 깜짝 놀랄 만큼 다양한 인물들이 서식하고 있었다.

누군가는 미국에, 독일에, 프랑스에, 태국에, 중국에, 홍콩에, 호주에, 싱가포르에 거주하고 있었고, 누군가는 아이를 키우고 있었으며 또 다른 누군가는 비혼을 장려하고 있었다. 어떤 이는 멋진 자수 실력을, 또 다른 이는 요리 솜씨를, 인테리어를, 단련된 근육을, 아이들의 귀여움을, 자연의 싱그러움을, 지구의 아름다움을, 노래 솜씨를 뽐냈다. 밀크 글래스의 상큼

한 분위기, 야근의 괴로움, 치앙마이의 멋스러움, 나일강의 웅장함을 피부감각으로 느낄 수 있었다. 머나먼 곳의 풍경들이 어쩐 일인지 바로 옆동네 일처럼 가깝게 느껴졌다. 게다가 그곳의 주민들은 하나같이 글재주가 뛰어났다. 겨우 140자에 얼마나 많은 정보와 감상과 일상을 늘어놓았는지, 입을 다물 수가 없었다.

더불어 떡볶이 덕후들이 넘쳐나는 상황이었다. 한국에 거주하는 이들은 저마다 최고의 떡볶이를 자랑하고 있었고, 해외에 살고 있는 이들은 어떻게든 떡볶이를 먹어보려고 갖은 애를 쓰고 있었다.

"행복 별거 있냐 떡볶이다."

"떡볶이는 진짜 마약인가. 어제 먹었는데 오늘 또 먹고 싶다. 미치겠다."

그렇게 외치는 이들에게 떡볶이는 사랑이고, 정답이고, 믿음이다. 떡볶이를 신으로 모신 열정적인 팬들은 자신들의 애정을 온몸으로 표현했다. 유찌 님(@i_hamzzi_*)은 '냉장고를 열 때마다 행복해. 왜냐면 떡볶이가 있어서. 나는야 마음만은 부자' '진짜 떡볶이는 사랑이야 행복이고 평화야'를 외쳤다. 국금 님(@Cuteee*)은 '방금 좀 매운 떡볶이 먹었는데 바로 누움. 이런 게 바로 행복이지'로 고개를 끄덕이게 만든다. 『일단 오늘은 나한테 잘합시다』의 저자이며 만화가이기도 한 도대체 님도 빼놓을 수 없다. 그녀는 말했다. '내 인생에서 가장 많이 떠올린 단어는 떡볶이가 아닐까? 지금도 떡볶이 먹고 싶다고 생각하다가……'

떡볶이 덕후들은 알 것이다. '아무말 미식가'의 존재를. 그는 서울 구석구석을 찾아다니며 거의 매일 떡볶이를 먹는다. 그의 떡볶이 로드 신자들은 무려 2만 명이나 된다.

떡볶이에 관한 글을 쓰면서 나는 줄곧 자격이 두려웠다. 떡볶이를 먹을 수 없는 곳에 살면서 떡볶이를 그리워하는 자의 글에 어느 정도의 가치를 둘 수 있을까. 이 책은 '아무말 미식가' 같은 사람이 써야 적절하지 않을까? 그러나 나는 속된 말로 얼굴에 철판을 깔기로 했다.

떡볶이를 먹을 수 없는 곳에 살기 때문에 먹지 못할 뿐, 먹을 수 있는 곳에 살았다면 거의 매일 떡볶이를 먹었을 것이다. 어른이란 자기가 원하는 음식을 원할 때 먹을 수 있는 사람이 아니던가. 하루 세 끼 중 한 끼를 떡볶이로 택해도 혼을 내는 사람은 없을 것이다. 왜냐하면 나는 어른이니까.

여하튼, 떡볶이에 대한 욕구를 '아무말 미식가' 님의 떡볶이 로드를 통해 충족시켜 나갔다. 그는 맛있는 떡볶이 앞에서 '명불허전'이라든가 '존맛탱'이란 단어를 사용한다. '가까이에 살았으면 자주 갔을 텐데'도 맛집임을 인정할 때 자주 쓰는 말이다. 진정으로 입맛에 맞는 떡볶이 앞에서 굴복했을 때는 '다시 시켜 먹었다'고 고백한다.

그 떡볶이 로드에서 궁금한 곳은 먼저 '영주 랜떡'이다. 아침마다 떡을 뽑기에 상상을 초월할 정도로 식감이 쫄깃하다는데, 떡볶이는 소스보다 떡이라고 생각하는 나에게 얼마나 큰 감명을 줄지 벌써부터 기대가 된다.

두 번째는 '백백분식'이다. '아무말 미식가' 님에 따르면 떡볶이 중에서 탑이라는데, 당면까지 들어 있다고 한다. 사진만 봐도 매콤한 그 모습에 군침이 줄줄 흐른다.

세 번째는 이름도 무시무시한 '전투 떡볶이'다. 맵기에 붙여진 이름일까? 맛있기에 붙여진 이름일까? 둘 다겠지. 전투라니? 리뷰를 살펴보면 바삭바삭한 튀김이 일품이라고 한다.

떡볶이와 튀김, 그리고 오뎅 국물의 조합은 도대체 언제 대한민국에 퍼진 것일까? 거기에 단무지까지 놓이면 그야말로 글로벌한 식탁이 된다. 이렇게 근본없는 조합이 어찌나 잘 어울리는지 모르겠다. 떡볶이의 매운맛을 오뎅 국물이 달래주고, 오뎅 국물의 달착지근함을 튀김이 달래주고, 튀김의 느끼함을 떡볶이의 매운맛과 오뎅 국물의 담백함이 달래주고, 그리하여 떡볶이를 먹다가 튀김을 베어 물었다가 오뎅 국물을 먹었다 다시 떡볶이를 먹는 무한 루트가 생성된다.

떡볶이는 아마 "나는 너무 짜고 맵고 달아"라고 탄식했을 것이고, 튀김은 "나는 너무 기름져"라고 한숨을 내쉬었을 것이다. 오뎅 국물은 "나는 좀 밋밋하지 않아? 개성이 없는 것 같아" 하며 고개를 갸웃거렸을 게 분명하다. 그럼 우리 한번 뭉쳐볼까? 그렇게 뭉친 삼 형제는 너무나 완벽한 동그라미가 되어 숨 쉴 틈 없이 굴렀을 게 분명하다.

떡볶이에 매료된 '아무말 미식가' 님은 하다 못해 다이어트까지 떡볶이로 한다. 곤약 떡볶이로 다이어터용 떡볶이를 제작하는데, 미끌미끌한 곤약에 맛이 배이도록 하려고 이쑤시개로 일일이 구멍까지 만든다고 한다. 도전 정신도 뛰어나 돼지 불고기 양념으로 떡볶이를 만들기도 한다. 실은 나도 돼지 불고기 양념을 떡볶이 할 때 자주 쓴다. 매운맛보다 조금 깊이 있는 맛이 나기 때문이다.

방송사들은 빨리 이분을 모셔다가 떡볶이 맛 맞히기 게임 같은 방송을 해야 하지 않을까?

떡볶이 중독자들 3, 4명을 참가자로 모시고, 접시

와 떡볶이 모양을 보고 어느 가게 떡볶이인지를 맞히도록 한다.

그다음은 눈 가리고 맛 보기 코너다. 눈을 가린 참가자들이 한입 베어 물고는 어느 가게 떡볶이인지 맞히는 게임이다.

세번째 코너는 가짜 진짜 게임이다. 하나는 진짜 가게에서 만드는 떡볶이이고, 또 하나는 그 가게 레시피대로 연예인이 만든 떡볶이이다. 두 가지를 먹어보고 어느 쪽이 진짜인지를 구별하는 게임을 해본다.

떡볶이 미식가들의 떡볶이에 대한 열정을 풀어내는 설날 특집 방송을 보고 싶다.

서문시장 떡볶이, 현선이네 떡볶이, 문짜네 분식 등 모두 '아무말 미식가' 님의 타임라인을 보고 찜해둔 장소다.

세상은 넓고 떡볶이집은 많으며, 그래서 오늘도 살아야 한다는 메시지를 매일처럼 생생하게 남겨주는 '아무말 미식가' 님에게 뒤늦게 감사를 전한다.

사실 몹시 부러운 나머지, 소인배인 나는 아직 그

분을 팔로우하지 않고 늘 검색하여 슬며시 엿보고 있다. 그리하여 업데이트라도 되어 있으면 입꼬리가 절로 올라가고, 군침이 입안을 장악한다.

오늘도 트위터의 떡볶이 사랑은 뜨겁다. 언젠가 기회가 오면 '존맛탱!'을 외쳐보리라. 유레카를 외친 아르키메데스처럼!

눈물 스위치를 켜세요

모 방송국 기획회의에 갔더니, '루이가쓰' 얘기가 한창이었다. 돈가스도 아니고 루이가쓰? 한자로는 '누활淚活'이라고 쓴다고 한다. '눈물을 흘리는 활동', 즉 울고 싶은 사람들이 모여서 실컷 우는 이벤트다.

"아니, 울 때도 다 같이 울어야 해요?"

"그러면 눈물이 더 잘 나온대요."

"에이, 설마?"

"못 우는 사람도 있잖아요. 나는 눈물이 잘 안 나던데."

한 방송 작가는 그렇게 설명했다.

눈물이 잘 안 나오는 사람? 오호라, 그건 내가 아닌가?

일본 남성 아나운서인 도쿠미쓰 가즈오라는 여든

이 다 된 어르신은 '눈물 기술'로 티브이를 장악했다. 야구 중계 중에 좋아하는 선수가 홈런이라도 치면 감격의 눈물을 흘리고, 좋아하는 팀이 패하면 억울함을 눈물로 표현한다. 영상에 동물만 나와도 눈물을 보인다. 열 살 때 단 한 번의 티브이 출연으로 하루아침에 스타가 된 탤런트 하루나 후카는 눈물 연기로 일본 열도를 뒤흔들었다. 언제 어디서나 울 수 있는 아역 탤런트의 눈물 뚝뚝 연기가 방송에 나간 후, 다음 달부터 출연 의뢰가 속출했다고 한다. 잘 우는 것이 그 사람의 성격일 뿐만 아니라 개성이자 예술이다. 그러고 보니, 우는 게 쉬운 일은 아니구나.

초등학생 시절 반에 '혜리'라는 예쁜 이름을 가진 친구가 있었다. 울보라는 별명을 가진 그 아이는 학급문집에서 자신이 울보라고 수줍게 고백했다. 혜리는 작은 잔소리에도 눈물을 보였고 담임교사가 단체로 혼을 낼 때도 울었으며, 친구들이 슬쩍 자신을 따돌렸단 느낌이 들었을 때도, 성적이 생각보다 좋지 않았을 때도 눈물을 보였다. 모든 것이 그녀의 눈물샘을 자극하는 듯했다. 잘 우는 아이가 부러웠다. 나는 잘 울지 못했다. 아빠가 돌아가신 날에도, 그 후 한 남자아이로부터 지독한 괴롭힘을 받으면서도 눈물로 반응하지 않았다. 눈물은 패자의 것이라도 된다는 듯 주먹을 꽉 쥐었다. 어른이 되어서도 마찬가지다. 정작 아프고 서럽고 슬픈 일이 있을 때, 나는 침묵한다. 도무지 눈물을 보일 수가 없다. 기어코 꾹꾹 참아낸다. 담담하게 속으로 삭이는 것에 익숙한 인생도 있게 마련이다.

어느 토요일 길을 나섰다. 도쿄 우에노의 한 사무소에서 '루이가쓰' 행사가 열린다는 것이다. 무료라기에 얼른 예약을 했다. 울고 싶어 찾아온 사람들의 대부분은 20~50대 남성들이었다. 간혹 30~60대 여성들도 있었다. 먼저 개그맨이 라쿠고(일본의 전통적인 코미디로 무대에 홀로 앉아 재미나면서 감동적인 이야기를 들려준다)로 눈물이 나는 이야기를 들려준 후, 동물, 가족 등이 등장하는 다양한 동영상을 보고, 슬픔과 감동에

흠뻑 젖어 다함께 우는 것이 이 행사의 흐름이다.

키우던 동물이 죽는 이야기로 시작한 동영상은 점차 가족 이야기로 변해가고, 가족 이야기에서 여기저기에서 흑흑거리는 소리가 들려 나온다. 홀로 키워준 엄마에게 불효한 일, 임신한 아내에게 남편이 보내는 편지, 장애인 아버지가 싫지만 그 사랑을 깨닫게 된 딸 등 어디선가 본 듯한 스토리다. 집에서 혼자 보면 '뭐 그럴 수도 있겠지' 하고 넘어갈 게 뻔하다. 그런데 불 꺼진 방에서 다른 사람들과 함께 숨죽이고 보다 보면 어느새 동영상 저편의 세상으로 빠져들게 된다. 그리고 자기도 모르게 흐르는 눈물을 멈출 수 없게 된다. 남자도 여자도 젊은 사람도 나이 든 사람도 지금껏 참고 삭여두었던 울음들을 해방시킨다. 불 꺼진 방에서 여러 사람들과 함께 울며 서로를 위로하고 동질감을 느끼다 보면 묘한 카타르시스가 남는다.

눈물에도 스위치가 있다. 앞서 말한 도쿠미쓰 아나운서는 주로 동물 이야기에 약하다. 어떤 이는 엄마라는 단어에서, 어떤 이는 아기라는 단어에서, 어떤 이는 하느님이나 장대한 자연 사진, 역사적 인물의 스토리에서 눈물 스위치를 딸깍하고 올린다. 한번 켜진 스위치는 제 손으로 끌 수 없을 만큼 단단해서 수도꼭지처럼 눈물을 쏟아내게 한다. 열심히 울고 코까지 풀고 나면, 화장실에 다녀온 것보다 더한, 쾌감이 있다. 울어야만 얻을 수 있는 시원함이 있다.

'루이가쓰'를 기획한 데라이 히로키는 '이혼식'을 거행해 주목을 받은 실업가다. 이혼식이란 결혼식 때처럼 웨딩드레스와 턱시도를 입은 부부가 하객을 모시고 이혼 선언을 한 후 망치로 결혼반지를 깨부수는 일종의 퍼포먼스다. 미적지근하게 꾸물대지 말고 좀더 수월하게 화끈하게 이혼을 하자는 취지다. 게다가 이혼했다는 사실을 일일이 통보하기도 꺼려지니 아예 이혼식을 통해 공개적으로 친구나 가족, 회사에 알리자는 의도도 있다. 데라이 씨에 따르면 무려 600여 명이 이혼식을 거행했다고 한다.

자신의 눈물 스위치를 모르는 이에겐 무작정 매운 음식을 권해보고 싶다. 실은 나도 내 눈물 스위치에 둔감하게 살아왔다. 그러다가 찾아낸 눈물 스위치가 내 자신을 포함한 '여성'이란 존재였다. 요즘은 여성 서사를 그린 작품을 볼 때 시도 때도 없이 눈물이 흐른다. 많은 영화들이 성 밖으로 나간 여성들, 아웃사이더가 된 여성들, 또는 현실에 고민하는 여성들을 성적으로 배회하도록 만들었다. 그런 영화들도 나쁘지는 않지만, 여자가 밥 먹고 술 마시고 집에 들어와 혼자 이를 닦고 침대에 누워 상념에 빠졌다가 잠이 들고 다음 날 출근하는 그런 아무것도 아닌 일상을 보는 것이 즐겁고 때론 그런 일상을 그린 작품을 대하곤 끊임없이 눈시울을 닦기도 한다. 그저 살아간다는 것 그 자체가 어떤 감동이자 서글픔으로 와닿기 시작했다. 남성의 삶도 흥미롭지만, 아이를 낳고 살면서 다른 여성들의 인생이 몹시 궁금해진 것도 사실이다.

오래 작동하지 못한 눈물 스위치가 갑자기 켜지면

너무 많은 양의 눈물이 쏟아져 깜짝 놀랄 수도 있다. 그러니 한이 오래 쌓이기 전에 풀어주는 것이 좋다.

매운탕도 좋고 짬뽕도 좋고 떡볶이도 빼놓을 수 없다. 만일 '루이가쓰'가 한국에서 열렸더라면, 모두 떡볶이를 눈앞에 두고 눈물을 흘렸을 수도 있다.

잘 울지 못하는 이들이 마음껏 울 수 있는 날이 365일 중 하루라도 있었으면 좋겠다. 눈물로만 뛰어넘을 수 있는 장벽이 있다. 잊고 싶은 것, 또는 잃었지만 찾고 싶은 것이 있는 날엔, 눈물을 쏟을 수밖에 없는 영화 한 편과 떡볶이를 권하고 싶다.

좋아하는 데는 이유가 없어

어느 겨울, 설을 사흘 앞둔 날, 떡볶이를 좋아한다는 한 편집자를 만났다.

"제가 떡볶이를 참 좋아하는데……."

로 이야기를 시작한 편집자는 떡볶이는 그 자체로 이유라는 명언을 터뜨렸다.

그래, 떡볶이를 먹는 데 무슨 이유가 있을까? 그건 마치 누군가를 무작정 좋아하는 일과 다름없다. 아침에 일어나 〈굿모닝 팝스〉를 들으며 하루를 보람차게 시작했다고 여기는 것, 애플 뮤직의 추천으로 취향 저격의 노래를 출근길에 듣는 것처럼 괜스레 기분이 좋아지는 일이다. 아무 이유 없이 오늘분의 나의 행복을 위해 존재하는 것이 떡볶이다. 보기엔, 아니, 실제로도 탄수화물 덩어리이지만 누군가에게 그 효과는 오늘의 비타민이고 건강보조제이고 인삼이고 마누카 허니일 수도 있다. (물론 떡볶이에 그런 효능은 없습니다. 주의하세요.) 그저 떡을 고춧가루나 고추장에 버무린 것뿐인데, 도대체 어쩌자고 이렇게 엄청난 행복감을 주는 걸까?

몇 년 전 '프레쉬니스 버거'에 들렀다. 잠시 발걸음을 멈추고 커피를 시켰는데, 나무로 된 날씬한 머들러를 쥐여 준다. 잘 보니 마치 포춘 쿠키처럼 짧은 글이 적혀 있다.

'Start writing a novel.'

도를 아십니까처럼 뜬금없었지만, 반가운 마음에 그 머들러를 잘 싸서 집으로 가져왔다. 글을 쓰는 일은 쉽지도 않고, 어떤 인간의 바닥과 한계를 알게 되는 일인 데다 엄청난 대가를 얻을 수 있는 일도 아니다. 그럼에도 불구하고 멈출 수 없을 때가 있다. 그 머들러는 아직 책상 한쪽 볼펜들 사이에 꽂혀 있다. 잉크는 지워지고 잉크 흠이 파인 부분에서 거기 글자가 있었다는 흔적만 남아 있다.

아무도 내게 글을 쓰라고 한 사람은 없었다. 어쩌다 보니, 운명처럼 또는 우연인 듯 잡지사의 말단 직원으로 들어가 글을 쓰기 시작했다. 취재를 하고 기사를 쓰면서 매일처럼 부끄러웠다. 한심한 자신을 조금이나마 감추려면 다시 취재를 하고 또 기사를 써서 앞선 부끄러움에 덮어 쓰기를 해야 했다. 『어린 왕자』에 나오는 술꾼처럼, 부끄러워서 글을 쓰고, 그게 또 부끄러워서 다른 글을 쓰는 생활이었다. 한 번도 만족하지 못했지만, 그럼에도 불구하고 어딘가에 빌붙어 어떻게든 쓰려고 했다. 〈레이디경향〉에 육아 에세이를 연재하면서 진심으로 감사했고, 〈보그〉에서 모리야마 다이도를 취재해달라고 했을 때 그 한 번뿐인 기회에 들떴으며, 어릴 때부터 동경하던 〈하퍼스 바자〉에 칼럼을 실은 날, 안도의 한숨을 내쉬었다. 누가 시킨 것도 아닌데, 글을 쓰는 일 자체가 이유였다. 머들러 하나를 품고 매일 뭔가를 끄적인다. 그 모든 게 글이 되지는 않지만, 그러면 또 어떠랴. 글을 쓸 수 있다는 것과 그 자체를 삶의 이유로 받아들일 수 있다는 것은 너덜너덜해진 영혼에 숨을 불어넣고 참고 살아온 지나온 날들을 쓰다듬는 손길이 된다.

엄마가 돌아가신 후 유품을 정리하다가 열쇠고리를 발견했다. 돌아가시기 직전에 쓰던 열쇠고리에는 '자유롭게 날아가라'고 적혀 있었다. 엄마는 자신의 미래를 내다본 것일까? 어떤 예견이라고 풀이할 수도 있다. 하지만 그 열쇠고리를 샀을 때 엄마는 건강했고 화려한 색상에 반해 구입했을 게 분명하다. 그러다가 문득 눈에 들어온 문구를 보고 미소 지었을 게 틀림없다.

'엄마도 멕시코에 가보고 싶구나. 카리브해도 좋네. 가까운 괌이라도 가봤으면 좋겠어.

얘, 로마는 어땠니?

엄마가 해외여행은 못 하지만, 자유롭게 살아야겠구나. 그래, 영혼이라도 말이야. 한 번뿐인 인생 날아보고 싶다.'

엄마는 그렇게 생각했을 것이다. 한편으론 나름대로 자유로웠어 하고 조금 뿌듯해했을지도 모른다. 원하는 대로만 되지 않는 것이 삶이란 사실을 남편이 먼저 세상을 떴을 때, 자식이 번번이 반항으로만 대답했을 때, 장사가 잘 되지 않아 내내 손님을 기다리며 아무렇지도 않다는 듯 밑반찬을 만들 때, 학비 때문에 카드값 때문에 가슴을 졸여야 할 때, 엄마는 한숨을 쉬었을 것이다. 어디 한숨뿐인가. 눈물을 흘렸으리라. 한탄했으리라. 그러나 어떤 상황에서든 살아 있음을 마음껏 즐겼으리라 본다. 엄마는 틈만 나면 연극을 보러 가고, 재즈 콘서트에 가고, 플라멩코를 보러 가서 함께 춤을 추고, 지역 축제에선 누구보다 힘찬 발걸음으로 그 흥겨운 분위기를 즐겼다.

어릴 적 엄마에게 어차피 죽을 건데 왜 태어나는 거냐고 물은 적이 있다. 나는 그 후로도 오래, 사람은 도대체 왜 태어나는 것일까를 헤아리려 했다. 그러다 문득 살아가는 데 꼭 이유가 필요할까 싶었다. 그저 살아 있는 것, 그것만으로 이유다. 숨 쉬는 동안, 가끔 떼도 부리고 조금 쉬기도 하고, 때론 달리고 날기도 하면서 그렇게 살면 되는 게 아닐까. 떡볶이 그 자체가 이유가 되듯. 걸작이 되지 못한 글들을 보며 한숨 쉬면서도 뭔가를 끄적이고, 그러다 미소 지을 것이다. 엄마가 우연히 고른 열쇠고리에 작게 미소 지었듯이.

그저 담담하게 살아가면 그만일 것이다. 결국, 모든 것이 이유가 되니까. 모든 것이 살아 있었다는 증거가 될 테니까. 부단하게 떡볶이를 먹고 오늘을 즐기자. 그러다 보면 삶의 이유가 불쑥 튀어나와 당신을, 또 나를 살아가게 할 것이다. 손톱만큼의 희망도, 희망은 희망이다. 오늘은 떡볶이를 위해서 내일은 삼겹살을 위해서 모레는 직장을 위해서 또 가족을 위해서 연인을 위해서, 그리고 자신을 위해서 그런 이유들이 번갈아 찾아와 우리를 복잡하게 만들기도 하고 즐겁게 만들기도 할 것이다.

고단한 이들을 위한 묘약

삼십대 중반에 커피가 찾아왔다. 늦은 오후에 퍼부어 대는 소나기처럼 온몸이 커피를 마시라고 졸라댔다. 원래 나는 커피의 신맛을 좋아하지 않았다. 쓴맛에도 매력을 느끼지 못했다. 입맛은 변하는 거라고 한다. 문득 커피가 간절했다.

인스턴트커피를 끓여봤는데 원하던 맛이 아닌 것 같아 집 앞 카페를 찾아갔다. 머리를 짧게 깎은 젊은 청년이 산미가 적은 커피를 추천한다. 동네 유일한 그 카페는 아침 8시에 문을 열고 저녁 8시면 문을 닫는다. 손님들이 많지는 않지만 꾸준한 단골들이 있다. 나무로 된 커다란 탁자가 놓여 있는 오래된 카페인데, 그곳 마스터는 커피와 카페에 대한 자신감이 대단해서, 구석진 골목에 있는 허름한 자신의 카페를 비하

하는 법도 없었고, 손님이 없다고 울상을 짓지도 않았다. 마스터는 의연했고 그럴수록 커피는 맛있게 느껴져 손님들의 발길은 끊이질 않았다. 언제나 양질의 커피빈이 벽 한 면을 메꾸고 있었고, 손님의 취향에 따라 적절한 커피를 골라주었다.

내가 새벽 4시에 기상해 가장 먼저 하는 일은 물을 끓여 커피를 내려 마시는 것이다. 한 잔으로는 조금 부족하고 두 잔은 과하다. 아침 한 잔, 점심식사 후 한 잔, 저녁 먹기 전 한 잔으로 나눠 마신다. 그중 한 잔이 디카페면 더 좋다.

눈도장도 안 찍은 커피가 어느 날 찾아와 문을 두드리라곤 상상도 하지 못했다. 아니, 내가 커피를 제 손으로 고르고 시도 때도 없이 물을 끓일 날이 오리라곤 아이가 태어나기 전까진 알지 못했다. 커피가 고단한 이들의 벗이라는 것도.

아이가 태어난 이후 내내 피곤했다. 아이는 두세 시간에 한 번씩 깨서 모유를 찾았다. 커피라도 없으면 도저히 눈을 뜨고 있을 수 없었다. 이곳에는 산후조리원도 없으며, 나에게는 의지할 부모도 없었다. 온전히 혼자 아이를 먹이고 씻기고 재우는 일들이 쉴 새 없이 부과되었다. 카페인 없이는 손가락 하나 까딱일 수 없는 순간이 눈앞에 있었다. 그런데 어떤 이들은 모유수유를 하는 엄마는 커피를 절대로 마시면 안 된다고 손을 저었다. 소아과를 찾아갔다. 의사는 "하루 한 잔쯤은 괜찮다"고 미소 지었다. 큰애를 두고 엄마가 커피를 마셔서 피부가 까만 게 아니냐는 소리를 들었을 때의 황당함을 의사는 단번에 날려버렸다.

자기만의 시간이 하루 단 10분도 주어지지 않는 날들을 반복하다 보면, 그 안에서 가장 손쉽게 얻을 수 있는 즐거움으로 마음이 기울게 된다. 가장 저렴하고 간편하게 얻을 수 있는 사치와 위안이 커피란 사실을 절로 자각하게 된다. 커피는 그냥 커피가 아니다. 인생에 대한 어쩔 수 없는 비애를 잊게 하는 마법의 가루다.

조금 출출한 날엔 커피를 내리다가 떡볶이를 만들기도 한다. 주로 미역국이나 맑은 장국이 남아 있는 날이다. 그런 날은 국에 떡을 넣어 떡국으로 먹기도 하고, 떡을 볶다가 국물을 조금 넣어 깊은 맛을 내기도 한다. 커피를 내리고 떡볶이를 먹는 아침은 왠지 오늘 하루가 잘 풀릴 것 같은 예감이 든다. 어차피 인생은 하루하루의 축적이고, 오늘 하루를 조금 더 행복하게 사는 것이 가장 만족스러운 인생이 될 게 뻔하다.

어둑어둑한 하늘 저편이 서서히 파랗게 물드는 아침, 1인분의 떡볶이에 커피 한 잔을 곁들이면 오늘도 하루를 새롭게 시작할 수 있다는 반가움에 온몸이 짜릿하다. 강의에 가면 수업 시간 내내 떠드는 학생들이 있을 테고, 과제를 제출하지 않는 학생들도 있겠지만, 그럼에도 불구하고 또 강의에 가서 뭔가를 가르쳐야겠다는 생각이 불끈 솟는다. 오늘도 아이들은 내 맘처럼 움직이지 않을 테고 그러면 나는 또 화가 나서 어찌할 바를 모르겠지만, 그런 하루도 즐겨보자고 마음먹게 된다.

커피와 떡볶이는 두말할 나위 없이 상승효과를 가진 음식이다. 모카도 좋지만 블루마운틴도 좋고 교토 오가와 커피의 오리지널 브랜드나 과테말라 여성들이 독립된 생활을 위해 재배한다는 우먼즈 핸드도 훌륭하다. 요즘은 여성들과 연계하고 싶은 마음에 일부러라도 여성들이 만든 제품을 구입하는 편이다. 과테말라 공정무역 우먼즈 핸드는 신맛이 적고 연하고, 깔끔한 뒷맛이 떡볶이와 유독 잘 어울리는 커피다. 커피를 케이크나 과자와 함께 먹어야 한다는 것도 어쩌면 편견일지도 모른다. 엄마에겐 커피를 마실 때 커피 이외의 것은 아무것도 필요하지 않았다. 진한 커피 한 잔이면 충분하다고 했다. 반면 남편은 커피를 마실 때 꼭 케이크를 먹는데, 그에겐 커피보다 케이크가 우선순위이기 때문이다. 어떤 이들은 담배와 커피가 가장 잘 어울리는 조합이라고 말한다. 한때 아르바이트에서 만난 친구는 커피와 담배가 없으면 인생을 살 가치가 없다고 장담했다.

커피와 떡볶이를 메뉴로 내놓은 집은 거의 없지만 떡볶이는 이상하리 만치 모든 음료에 무난하게 어울린다. 커피가 맛있고 떡볶이가 맛있는 가게를 북유럽에 열면, 또 하나의 카모메 식당이 탄생하지 않을까? 만일에 복권이 당첨된다면 북유럽에 가서 작은 가게를 열고 심심풀이로 떡볶이를 만들어볼까? 장사 수완이 없어서 금세 문을 닫을지도 모른다.

차라리 작은 캠핑카를 하나 사서 세계 여기저기를 누비고 다니다가 그 지역에서 난 생맥주를 사오거나, 그 지역산 원두를 사다가 곱게 갈아 커피를 내려 떡볶이와 함께 먹으며 노닥노닥 긴 오후를 보내고 싶다. 아마 누군가 떡볶이 냄새를 맡고 나타나 캠핑카 문을 두드릴지도 모른다.

북유럽에 떡볶이 가게를 낸 어떤 여자의 스토리로 영화를 만들어보면 어떨까? 밋밋하게 생긴 배우가 가게 주인 역을 맡고, 핀란드 배우가 매운 떡볶이를 먹고 눈물을 흘린다. 그러다 어느새 입소문을 타고 손님이 하나둘 늘게 되는 영화를 찍어볼까? 물론 복권이 당첨되면 말이다.

별빛 가득한 밤이 지나, 어둑한 하늘이 밝아오는 새벽 4시, 커피를 내리고 프라이팬에 매콤하게 떡을 볶는다. 마늘도 송송 썰어 넣는다. 오늘도 가슴 따뜻해지는 일을 하나 발견해보자고 마음먹는다.

쫄깃한 대화가 필요해

"김 선생님, 얼마 전에 한 학생이 저한테 선생님이 무서워서 한국어 수업이 싫어졌다는 거예요. 무작정 말이죠. 이럴 때 어떻게 하면 좋을까요?"

강사들의 고민은 강의 자체에도 있지만 기본적으로 학생, 즉 인간관계에 있다.

"선생님, 저는 얼마 전에 옆 반 학생이 찾아오더니 자기 학부랑 이름도 밝히지 않고 대끔 우리반 수업 시간이 시끄러워서 자기네반 수업이 방해받고 있다며 따지더라고요."

일본 학생들은 수업 시간에 자기 의견을 말하는 일은 드물지만, 기본적으로 당돌하다. 강사에게 때론 교수에게도 반말을 쉽게 하며 자기 의견을 아무 거리낌 없이 표현하는 일도 종종 있다. 리포트를 요구하면

눈썹부터 찡그리는 학생, 어학 수업인데 마스크를 쓰고 온 학생, 벗으라면 90분 내내 짜증이 난 표정으로 앉아 있다가 대답 하나 없이 가버리는 학생도 있다. 갑자기 벌떡 일어나더니 교실 밖으로 튀어나가기도 한다. 이유를 물으니 몸이 아파서 집에 가겠다고 한다. "제가 몸이 좀 안 좋아서 죄송하지만 집에 가보겠습니다"라는 절차를 완벽히 무시하고, 뛰쳐나가는 학생을 보면, 마냥 당황스러워서 무슨 말을 하면 좋을지 눈앞이 새까맣고 머릿속이 새하얘진다.

그런 날은 사실 무척 우울하다. 일본을 친절하고 예의 바른 사회라고 여긴 것은 오산이었을까. 일본의 친절함은 주로 매뉴얼을 통해 학습된 것이고, 점원과 손님 사이에서 기업과 기업 사이에서, 또는 잘 모르는 이들 사이에서 경계의 의미로 통용되는 것이지 일개 강사와 학생 사이에는 별도의 인간관계가 성립한다. 학생 한 명 때문에 하루 기분을 잡쳤단 사실을 발설하기는 쉽지 않다. 사람이란 누군가가 깔보거나 우습게

봤다는 생각이 들면 자존심이 상하고, 자존심이 상한 얘기는 보통 감추게 마련이다. 털어놓았다고 잘 풀리리란 보장도 없다. 선생 자격 없는 사람이란 소리를 듣지 않으려면 차라리 혼자 삭이는 편이 나을 수도 있다.

반 아이 하나는 리포트도 내지 않으며, 가끔 슬쩍 휴대폰을 보기도 한다. 휴대폰을 넣으라고 하자 눈을 부라린다. 이런 아이들은 흔하지는 않지만 없는 것도 아니다. 그 아인 과거에 대해 적으란 부분에서 '초등학생 때는 못생겼다'고 적은 후 '현재도 못생겼다'고 적어놓았다. '못생겼다' 또는 '예쁘다'는 결국 주관일 뿐이다. 너는 그때 무슨 놀이를 했니? 어떤 기분이었니? 하고 물으니 물끄러미 나를 바라본다.

스무 명이 넘는 학생들은 저마다의 과거와 현재와 미래를 끌어안고 살아간다. 한국어를 배우는 학생들의 90%은 여성이며, 그녀들은 영어와 한국어를 열심

뜻이 있는 곳에 길이 있다고 합니다.
그렇다면 뜻 밖, 뜻이 없는 그곳에는 무엇이 있을까요?
우리는 그 답을 찾아보고자 이렇게 새롭게
발걸음을 내딛습니다.
우리가 만드는 책들은
우리가 당신에게 내미는 손길입니다.
부디 우리가 만드는 책들이 당신에게
뜻밖의 좋은 순간을 선물할 수 있기를 바랍니다.

뜻밖은 새움출판사의 에세이 브랜드입니다.
전자우편 offcourse_book@daum.net
인스타그램 @offcourse_book

#떡볶이가뭐라고 #김민정에세이 #뜻밖의책
#뜻밖의떡볶이가뭐라고 #김민정의떡볶이가뭐라고
태그로 글을 남겨주시면 뜻밖의 좋아요와 댓글이 여러분을 찾아갈 거예요.
그중 몇몇 분께는 저희가 준비한 선물을 드릴게요!

당신에게 뜻밖의 편지가 도착했습니다.

히 배워 공항이나 항공사 등에 취업하고 싶어 한다. 항공사의 승무원이 되는 것은 그녀들에겐 꼭 이루고 싶은 꿈이다. 학생들은 "노력하면 한 만큼 성과를 거둔다"는 진리에 믿을 수 없다고 혀를 내두른다. "노력한다고 모두가 성공하는 것은 아니다"는 지적에, 그럴지도 모르겠지만 선생님한테서 듣고 싶은 말은 아니라고 딱 잘라 말한다.

교탁 앞에 선 강사란 90분 내내 360도 평가 대상이 된다. 물론 순조로운 반도 있다. 화이트보드 앞에 서서 집게손가락을 검은색 잉크로 물들이며, 학생들을 지도한다. 어디까지 벽을 넘어 마음의 물꼬를 터야 할지 여전히 답을 찾지 못하고 있다. 교우관계는 나날이 변하고 그런 변화가 수업에도 적지 않은 영향을 끼친다. 사람과 사람이 언제까지나 사이가 좋을 수만은 없다고 슬쩍 덧붙인다. 지나치게 시끄러울 땐 아예 입을 닫고 학생들이 조용해질 때까지 기다린다. 개중에는 "사랑한다"고 머리 위로 손을 올려 하트 모양을 만들고 웃음 짓는 아이들도 있다. 그럴 땐 진심으로 한숨 돌리게 된다. 이 길이 맞는지는 잘 모르겠지만, 틀린 것은 아닌 것 같다는 약간의 확신을 가질 수 있다면 충분하다.

수업을 마치고 집으로 가는 길, 떡볶이가 그립다. 맥주 한 잔과 떡볶이를 시키고 꿀꺽하고 들이켜고 싶다. 타인은 결코 조정할 수 없는 인격체란 사실을 되새긴다. 학생들과 쫄깃쫄깃한 떡을 씹으며 대화라도 나눠보고 싶다. 수업 내내 팔베개를 하고 드러누워 있는 학생에게 "떡볶이라도 먹으러 갈래?" 하고 싶은 걸 꾹 참았다. "야, 이따가 강사실로 좀 와"라고 했으면 좋았을까? "너 오늘 그 헤어스타일 참 예쁘다!"가 정답이었을까? "혹시 어디 아프니?"라고 물었어야 했을까? 입을 열려다가 그만둔다. 괜한 질문은 학생에게도 강사에게도 좋을 게 없다. 자칫하면 상대에게 모욕을 줄 수도 있기 때문이다. 아무리 봐도 "떡볶이 한 접시 어때?"가 가장 적합한 대화의 물꼬 같다. 하지만, 세상은 이제 학생들과 쉽게 연락을 해서는 안 되는 사회이기 때문에 그럴 기회조차 쉽게 만들 수 없다.

"교과서 69페이지를 펴세요. 그림에 누가 보이나요? 무엇을 하고 있어요?" 하고 아무렇지도 않은 듯 진도를 나간다. '떡볶이 한 접시 어때?'라는 사심을 품고.

빨간색, 빨간 맛

색에 어떤 맛이 입혀져 있는 것은 아닌데, 빨간색은 식욕을 돋운다. 새하얀 접시 위에 얹힌 새빨간 김치, 쑥색 멜라민 접시 위에 담긴 떡볶이가 그렇다. 젓가락을 가져가지 않을래야 그럴 수가 없다. 군침이 돌면서, 손이 절로 움직인다.

고교 시절, 반 친구에게서 빨간 립스틱을 선물 받았다. 어른 여자란 빨간 립스틱이 어울리는 사람이라고 여겼다. 그날 우리는 화장실에서 그 빨간 립스틱을 발랐다 지웠다, 또 발랐다 또 지웠다. 어찌 발라봐도 '쥐 잡아 먹은' 듯한 이미지를 벗어날 수 없었기 때문이다. 빨간 립스틱이 아무에게나 어울리는 색이 아니라는 걸 우리는 그날 떡볶이를 먹으며 토로했다.

대학생이 되어서도 화장품 가게에 갈 때마다 빨간 립스틱을 발라보곤 했는데, 역시나 어울리는 색은 아니었다. 취업을 한 후에도 서른이 넘어서도 마흔이 넘어서도 나만의 '레드'를 찾아 이 가게 저 가게를 헤매었다. 그러다 알게 된 사실은 밝고 고운 레드 계열은 피부색을 어둡게 만든다는 것, 차라리 톤을 낮춘 칙칙한 색이 얼굴 전체를 밝게 만들어준다는 것이었다. 그러나 여전히 나에게 잘 어울리는 빨간 립스틱과 대면하지 못한 채 동경심만 불태우고 있다.

빨간색은 왜 그렇게 매력적일까? 겨울이 오면 빨간 코트를 한 벌 장만하고 싶다. 청바지에 매치해도 좋을 것 같고, 흰 스웨터에 치마를 받쳐 입고 부츠를 신어도 좋을 것 같다. 영의정 패션이라며 가학적인 개그를 한마디 덧붙이고 쿨하게 웃어도 좋다. 빨간 코트를 입은 것만으로 이미 세상을 다 가진 기분이 들 테니까 말이다.

빨간 구두 또한 그렇다. 빨간 하이힐은 여전히 어떤 상징적인 의미다. 빨간 구두를 신고 교회에 갔다가 목숨이 붙어 있는 한 춤을 춰야 하는 형벌을 받은 소녀의 이야기는 오래도록 머릿속에서 잊혀지지 않았다. 내내 마음이 좋지 않았다. 빨간 구두를 신고 교회에 가서는 안 되는 이유를 여전히 알 수 없음에도 불구하고, 그 스토리에 대한 섬뜩함에 한 번도 빨간 구두를 신고 성당에 가본 적이 없다. 그저 빨간 구두를 신었을 뿐인데, 지나치게 가혹한 형벌이 아닐까?

빨간 손톱, 빨간 머리, 빨간 리본. 현대 사회에서 빨간색은 여성의 색으로 쓰이는 경우가 대부분이다. 강렬하고 반항적이면서 동시에 매혹적이다. 가톨릭 사제의 색으로도 많이 쓰였다. 사제뿐만 아니라 나폴레옹도 그러했다. 자크 루이 다비드의 〈성 베르나르 협곡을 넘는 나폴레옹〉에서 나폴레옹은 빨간 망토를 두르고 있다. 그뿐만 아니라, 일본의 히어로물에서 다섯 색깔 주인공 중 맨 가운데 자리를 차지하는 사람은 벌써 수십 년간 레드다. 미국의 슈퍼맨 또한 빨간 망토를 두르고 있다. 남성의 경우 빨간색은 더 강한 주인공의 색이며, 여성의 경우 현대 사회에선, 조금 더 상징적이며, 여성적이란 기호를 품는다.

빨강은 맵지만 입맛을 돋우는 색이며, 여성에게도 남성에게도 어떤 상징성을 가지는 색이다. 어떤 떡볶이는 약간 주황색에 가깝고, 어떤 떡볶이는 새빨갛고, 또 다른 떡볶이는 빨강의 채도를 넘어선 갈색에 가까운 색이다. 고추장 맛이 강한 떡볶이와 고춧가루가 많이 들어간 떡볶이는 색만 봐도 차이가 난다. 물론 어느 품종의 고추를 썼느냐에 따라서도 다를 것이다.

빨간 떡볶이, 빨간 김치, 빨간 김치찌개, 빨간 명란젓, 빨간 양념치킨 같은 것들을 상 위에 쭉 늘어놓으면, 나폴레옹도 보고 놀랄 정도로 식탁 위가 빨간색 일색인데, 군침이 사정없이 나오며 눈이 쉴 새 없이 여기저기를 오가며 같은 빨간색임에도 이토록 차이가 있음을 알아보게 하고, 손 또한 쉴 새 없이 움직여, 같은 고추를 썼음에도 어쩌면 이렇게 맛이 다양한지 깜짝 놀라게 만든다. 고추가 들어간 모든 음식이 다 소울푸드가 아니던가. 빨간색은 이미 소울푸드의 기초색이 아니던가.

떡볶이는 흰 접시 위에 놓아도 아름답고, 쑥색 멜라민 접시 위에 담아도 맛있게 보인다. 철판 위에서도 까만 접시 위에서도 그 빨간색은 연신 빛을 발한다. 왜 그렇게 많은 권력자들이 빨간색에 끌렸으며, 왜 내가 그토록 빨간 립스틱 찾기에 혈안이 되어 있었는지, 떡볶이라는 별도 장르가 알려주는 셈이다. 흰색이든 쑥색이든 검은색이든 그 위에 떡볶이를 담은 후, 파나 깻잎을 숭숭 썰어 올리면 몹시 아름다운 콘트라스트에 푹 빠지게 된다. 빨간 구두의 소녀도 나폴레옹도 슈퍼맨도, 그 빨간색에 매료되어 화제가 끊기지 않을 게 분명하다.

카레 떡볶이, 짜장 떡볶이, 간장 떡볶이도 맛있지만, 매운 떡볶이가 가장 맛있다. 빨간색인 그 음식을 담아, 식탁 위에 놓으면 마음이 뿌듯하다. 빨간 머리에, 손톱을 빨갛게 칠하고 빨간 구두를 신고 빨간 떡볶이를 먹으면 조금쯤 기분이 좋아질까? 아니다, 추리닝 바람에 편하게 앉아서 먹는 떡볶이가 최고다. 이미 빨간색을 흡수한 떡을 내 안에 모시는 것이니 그로서 충분하다. 떡볶이의 빨간 맛은 강한 중독성을 가지고 있다. 너도 나도 먹어보겠다고, 먹어야 한다고, 먹으면 행복해진다고 목소리를 높인다. 사제의 빨간 옷이나 나폴레옹의 빨간 망토보다 더 권위적인 존재가 떡볶이가 아닐까 싶을 만큼, 이 시대의 빨강을 대표하는 존재야말로 바로 떡볶이가 아닐까.

추억의 동반자

성당 뒷길로 빠져 10여 분을 걸어간 곳에 럭셔리한 분식점이 있었다. 분식점이 럭셔리해봤자 얼마나 럭셔리하냐고 누군가는 의심할지도 모르겠다. 분식점과 럭셔리란 단어는 결코 어울리지 않는다고 단호하게 잘라 말하는 이도 있을 것이다. 그 분식점은, 일단 4인용 테이블이 열 개쯤 되었고, 나무로 만든 멋진 문이 붙어 있었다. 양옆으로 열리는 중후한 문을 밀면, 손님이 왔음을 알리는 종소리가 딸랑 하고 조신하게 울렸다. 그곳의 럭셔리함은 비단 그 크기나 번듯한 건물만이 아니라 디제이 부스와 디제이의 존재였다.

투명 유리로 된 디제이 부스에는 토요일 오후에만 디제이가 근무했는데, 그 사람은 남자였고, 대학생으로 보였다. 그가 실제로 대학생이었는지는 알 수 없다. 당시엔 나이가 스물쯤 된 사람들은 모두 대학생이라고 어림잡아 생각하던 시절이었으니까. 그 디제이는 하다못해 미남도 아니었고 체격이 좋거나 키가 크지도 않았지만, 금주의 1위곡 대신 금주의 20위곡을 틀어주는, 선곡 센스가 좋고 흥이 넘치는 사람이었다.

성당은 동네 중고생을 위해 평일엔 저녁 8시까지 지하 소성당을 개방해 공부방으로 만들어주었다. 나는 주로 그 지하 공부방에서 국사와 지리 같은 암기 학습들을 했는데, 충분한 복습이 가능했던 덕분에 암기 과목들의 점수는 나날이 좋아졌다.

해가 길어지는 5월이면 공부를 하다가 장미로 꾸며진 성모상 앞에 놓인 벤치를 찾아가 친구 J와 수다를 떨기도 했다. 학교에서 일어난 일, 수업에 관한 이야기와 미래에 대한 막연한 기대감, 자신을 미워하는 것 같은 반 아이에 대해, 또 좋아하는 남학생에 대해 끊임없는 이야기를 늘어놓았다. 때로는 읽고 있는 책 이야기를 하기도 했고, 책을 돌려보기도 했고, 버뮤다 삼각 지대가 얼마나 위험한지를 하늘이 무너질 것처럼 걱정하며 한숨을 쉬기도 했고, 인도나 이집트에 또는 이탈리아에 꼭 한번 가보고 싶다고 한껏 가슴을 부풀렸다. 대학에 갈 수 있을지도 심각하게 걱정했다. 우리들은 다들 조금씩 외로웠던 것 같다.

공부가 끝나면 디제이 부스가 있는 분식점으로 향했다. 즉석 떡볶이를 시키고, 해도 해도 끝나지 않는, 내일 지구를 살리지는 못하겠지만, 오늘의 우리의 허한 마음을 달래줄 이야기들을 끊임없이 털어놓았다. 신승훈이 데뷔를 한 직후였다. 그날 디제이는 연인과 헤어지기라도 했는지, 무려 한 시간가량 신승훈의 노래를 직접 불러 젖혔다. 한 곡도 제대로 들어줄 수 없을 정도로 목소리만 우렁차고 박자는 무시된 노래들이었다. 우리는 한 주에 한 번은 그곳을 찾아가 무한궤도의 음악을 신청했다. 그러면 그 디제이는 신해철의 솔로 데뷔집과 무한궤도의 음악들을 잇달아 틀어주었다. 집에 가서 혼자 들어도 될 음악들을 분식점에서 J와, 또 알지도 못하는 손님들과 공유했던 그 경험은 살짝 부끄러우면서도 희열로 점철되었다.

취향은 그런 것이다. 굳이 입밖에 내었다가 공격이라도 받으면 어쩔까 싶어 두렵고, 자신의 일부를 들키는 게 아닐까 싶어 꼭꼭 감추고 싶어질 때도 있지만, 사실 누군가와 공유하고 싶은 것. 자신이 좋아하는 음악을 종이에 적어 신청하고 그 음악을 어떤 이가 정성껏 틀어주고, 잘 모르는 이들과 공유하는 시간은 짜릿한 쾌감을 주는 것이다.

'여름날 햇빛 속에 옛 동네를 걸어가다 건널목 앞에 있는 그녀를 보았지. 조금은 변한 듯한 모습 아쉽긴 했어도 햇살에 찌푸린 얼굴은 아름다웠지.'

신해철은 젊었고 그의 목소리엔 힘이 있었다. 시적인 음율을 중시한 가사들은 가슴속에 콕콕 박혔다. 연애가 무엇인지 책으로밖에 배우지 못한 중학생에게도 말이다.

그 시절 나는 라디오 프로그램에도 꾸준히 엽서를

보냈다. 신청곡이 나올까 가슴을 졸이다 이어폰을 빼지 못한 채 잠든 날들도 여럿 된다. 그날, 그 디제이가 하필이면 분식점 작은 디제이 부스 안에서 '너는 장미보다 아름답진 않지만'을 목이 터져라 부르던 날, 거기엔 손으로 잡을 수 없는 어떤 이별의 그늘이 드리워져 있었는데, 우리는 덕분에 내내 깔깔대며 웃을 수 있었다.

나는 이제 자신의 연인에게, 아니, 어느 누구에게도 당신은 장미보다 아름답지 않다고 말할 권리가 없다고 말해줄 수 있는 어른이 되었다. 아마 당신이 헤어진 이유는 상대방에게 장미보다 아름답지 않다고 생각했던 그 얄팍한 사랑이 들켜버렸기 때문이라고 냉철하게 덧붙여줄지도 모른다.

신승훈이나 신해철의 노래를 들으며 좋아하는 친구와 떡볶이를 공유하던 시절은, 아주 잠시였다. 중학교 생활은 금세 끝이 났고, 디제이 부스는 눈 깜짝할 사이에 사라졌다.

그 시절 자주 만나 팔짱을 끼고 분식점까지 같이

다녔던 J는 외고 시험을 친다고 했는데, 그 후론 만나지 못했다. 한 냄비에 담긴 떡볶이를 아껴 먹으며 신청한 음악이 나오기를 기다리던 시절을 굳이 한마디로 표현하자면, 식상하다 못해 넌더리를 느끼는 바로 그 단어, '청춘'이 아니었을까. 이제는 사라진 디제이 부스의 그 디제이는 지금쯤 한류 아이돌 매니저나 프로듀서가 되었을까? 그는 자신이 그 좁은 디제이 부스에서 열창하던 청춘이었단 사실을 여전히 기억하고 있을까? 얼굴도 생각나지 않는 이들도, 언제나 추억 저편에 있다.

엄마와 떡볶이

엄마는 떡볶이를 정크푸드라고 했다. 틀린 말은 아니지만, 반가운 소리도 아니지 않는가. 어쩜 저렇게 귀가 즐겁지 않은 말을 툭 던질 수 있을까. 엄마는 집에서 떡볶이를 하지 않았다.

"나는 그런 거 안 먹었어. 우리 어린 시절에는 없었어."

단 두 마디로 축약했다.

엄마의 말을 조금 풀어보자면, 떡볶이는 역사나 일상이 담긴 음식이 아니고, 적어도 엄마 집에서는 만들어 먹지 않았으며, 뭔가 꺼림칙하다는 것이다. 탄수화물 덩어리에 도대체 무슨 의미가 있느냐고 엄마는 말했다. 엄마가 알기론 그 음식은 무려 길거리에서 서서 먹어야 하는 것이며, 길거리 음식은 엄마의 관점에선 쉽게 손이 가지 않는 음식인 데다, 고추장에 버무린 떡으로 배를 채우기엔 왠지 손해 보는 음식 같다는 것이다.

덕분에 고교 시절에는 혼자 떡볶이를 만들어 먹었다. 한인타운의 마트에서 얇게 썬 떡국떡을 사와, 참기름에 먼저 간 고기를 볶다가 양배추와 양파를 넣어 볶는다. 떡국떡을 추가한다. 설탕 넣고 볶다가, 간장, 고추장, 멸칫국물을 붓는다. 국물은 적을수록 좋다. 떡국떡이 너무 불면 씹는 맛이 사라진다. 국물 떡볶이도 좋지만, 집에서 짧은 시간 내에 그럴듯한 맛을 내기엔 참기름에 살짝 볶는 편이 실패할 확률이 비교적 낮다.

엄마는 고교 시절에 주로 서울 고려당 빵집에서 데이트를 했다고 한다. 교복을 입고 단발머리를 말끔하게 빗어내린 엄마는 어릴 적에도 호불호가 강하고 당돌했을 것 같다. 그런 엄마가 고려당 빵집에서 까까머리 남고생과 빵을 씹으며 새침하게 앉아 있는 모습을 떠올리니 조금 어색하기도 하고, 살짝 미안하기도 하다. 엄마도 결혼하기 전에는 데이트를 했을 것이다. 고교 시절엔 첫사랑도 있었을 것이다. 나는 그런 이야기를 거의 듣지 못했다. 아내란 무조건 남편만 보고 살아온 인생이었으리라는 믿지 못할 이야기에 세뇌되어 엄마가 어떤 데이트를 하며 젊은 시절을 보냈는지 궁금해하지 않았다.

내 첫사랑은 중학교 시절 옆 학교에 다니던 남학생이었다. 우리는 보통 주말에 분식점에서 데이트를 했다. 분식점에서 우리는 늘 입가가 빨갛지는 않은지 치아 사이사이의 상태는 양호한지 슬쩍 신경을 써야 했다. 분식점을 나온 후에는 끊임없이 서울 시내를 걸었다. 대체 왜 대중교통을 이용하지 않고 한 시간씩 걸어 광화문 교보문고까지 갔는지 나는 당시에 그 친구 마음을 이해할 수 없었다. 그렇다고 걷자는 친구에게 전철을 타자고 제의하지도 못했는데, 1호선을 타고 교보문고까지 함께 가는 데이트는, 중학생인 나에게도 눈곱만큼도 로맨틱하지 않았기 때문이다.

나중에 연애 영화들을 보기 시작하면서 원래 데이트란 걷는 것이란 걸 깨닫게 되었다. 영화 〈라라랜드〉의 주인공들은 로스앤젤레스의 거리를 하루 종일 걷고 또 걷는다. 그러다가 달밤에 스탭에 맞춰 춤을 추기도 한다. 연애하는 연인들의 발걸음은 경쾌하고 길거리는 화사하다. '비포' 시리즈는 아예 처음부터 끝까지 걸으며 대사를 주고받는 것이 전부인 영화다. 연인 사이의 산책은 시간을 오래 공유하고 싶다는 은연 중의 메시지이다.

그 친구는 로맨티스트였는지 만날 때마다 장미 한 송이씩 들고 나왔고, 그 장미들은 내 방 벽에 거꾸로 매달린 채 드라이플라워가 되었다. 그 짧은 첫사랑은 별것도 아닌 일로 소멸했고, 장미들은 중학교를 졸업할 무렵 깔끔히 쓰레기통으로 사라졌다.

그 친구와 때론 분식점에서 또 길거리에서 떡볶이를 먹기도 했다. 친구는 늘 먼저 오뎅 국물을 종이컵에 따라 내 앞에 놓아주었다. 밀떡이 좋다는 그 아이에게 나는 쌀떡이 더 좋다고 말하지 못했다.

"거봐, 밀떡이 최고지?"

그 아이는 동의를 구할 때도 배시시 웃었다.

어느 날은 내내 걷다가 길거리에서 그 친구의 담임 교사를 만났다. 선생님은 피식 웃고 지나쳤고 우리는 깔깔댔다. 하염없이 서울의 거리를 걷던 중학생들은 이제 저마다 성인이 되었고, 나름대로의 직업을 가지고 나름대로의 가정을 꾸리고 살아가고 있다. 가끔 그가 내게 준 편지를 꺼내볼까 싶다가도 얼른 생각을 고쳐먹는다. 그저 걷고 또 걸었던 그 하루의 추억만 있으면 충분하기 때문에, 적어도 나에게는.

엄마는 평생을 떡볶이는 정크푸드라는 생각을 놓지 않으셨다. 권해도 됐다고만 했다. 정말 엄마 시절엔 길거리 떡볶이가 없었을까? 아니, 어쩌면 위염 때문이었는지도 모른다. 엄마는 결혼 후 내내 십이지장 궤양으로 고생했다. 위경련으로 병원에 실려 가기도 해서 속 쓰린 음식들을 걸렀는데, 떡도 그중에 하나였던 것 같다. '같다'라고밖에 쓸 수 없는 자신이 좀 한심하다. 엄마에 대한 기억들은, 엄마에 대한 무관심 탓에 이제는 메꿀 수 없는 간극으로 자리한다.

삶은 늘 아쉬움을 남긴다. 나는 엄마를 생각할 때면 항상 아쉽다. 엄마를 더 많이 알지 못한 것이 아쉽고, 엄마와 여행을 가지 못한 것이 아쉽고, 엄마가 어릴 적 살던 신설동을 함께 걷지 못한 것이 아쉽고, 엄마의 첫사랑 이야기를 듣지 못한 것이 아쉽다. 엄마가 엄마로서 끌어안고 살아야 했던 서글픔을 마지막까지 알려고 하지 않았던 것도.

떠나는 자 얻는 게 있나니

몇 년 전 취재를 하면서 이와사키 케이를 만났다. 그는 현재 이탈리아에 있는데, 그가 길을 나선 지 벌써 17년이 지났다.

고향에서 직장을 다니다가 보수적인 분위기에 직장을 그만둔 그는 160엔을 들고 히치하이크를 해서 도쿄로 갔다. 160엔을 들고 나와 세계 일주를 하겠다고 하면 많은 이들이 고개를 절레절레 흔든다. 믿을 수 없다는 반응이다. 그는 며칠간 도쿄에서 노숙자로 지냈다. 다른 노숙자들은 이 젊은 노숙자에게 길거리에서 사는 방법을 전수했다. 어디에 가면 식사를 할 수 있는지, 어디에 가면 잠을 잘 수 있는지, 그리고 종이 상자는 얼마나 따뜻하며, 사람들의 시선이란 얼마나 무서운 것이며 그것을 견디는 부끄러움과 인내에 대해서도 말이다.

우여곡절 끝에 그는 후쿠오카에 가게 되었고, 후쿠오카에서 한 달을 노숙을 하다가 우연히 한국행 배편 티켓을 얻었으며, 한국을 걸어서 일주하다가 또 우연히 중국행을 하게 되었고, 중국에서 자전거를 하나 얻은 결과, 동남아시아로 인도로 히말라야로 그는 멈출 수 없는 여행을 떠나게 되었다. 갠지스강을 건너고 세계 최대의 내해 카스피해를 노 저어 건넜으며, 세계 최고봉 에베레스트를 넘어 몽블랑까지 섭렵했다.

아사히신문은 그를 철인 여행자라고 평했다. 사이사이 현지인들의 도움을 받았고, 에베레스트에선 산을 오르는 이들을 돕는 산악대로 일했다. 그는 그렇게 돈을 모아 유럽까지 가게 된다. 어마어마한 노력과 체력과 시간을 들여야 했다. 하루하루 먹고 자는 걱정이 없지 않았다. 어떤 집에서 머슴처럼 살기도 했고, 그러다 마음이 원할 때 또 다른 길을 청했으며, 여비가 부족할 때는 중학생 때부터 배워온 마술을 보여주고 푼돈을 벌었다.

지금 그는 자전거로 이탈리아 전역을 돌며 아이들 생일잔치에서 마술을 보여주고 있다. 어느새 입소문을 타서 이탈리아 방송에 출연할 만큼 큰 인기를 끌고 있다고 한다. 그리하여 여행가에서 마술사가 된 그는 벌써 몇 년을 이탈리아 전역을 돌며 마술로 생계를 꾸리고 있다.

전 세계를 돌고 돈 이와사키라면 어떤 떡볶이를 만들까? 인도식 커리나 네팔식 커리에 떡을 넣어 새로운 맛을 창출할 것이다. 잠시 고민한 후 마라탕에 넣어 마라 떡볶이를 만들어낼지도 모른다. 떡 튀김에 어간장과 고추장을 섞은 소스를 듬뿍 바른 후, 설탕을 뿌려줄지도 모른다. 춘권피에 떡을 넣고 말아서 튀겨낸 요리를 베트남식 피넛소스와 함께 가져올지도 모른다. 피넛버터와 설탕을 넣고 죽을 쑤다가 떡을 넣어 쫄깃쫄깃한 식감을 즐기게 할 수도 있고, 토마토와 함께 볶거나, 카르보나라를 만들 수도 있을 것이다. 한창 유행하는 스페인 바스크 지방의 짭조름한 음식에 떡을 추가해 그럴싸한 떡볶이를 술안주로 대접할지도 모른다. 그는 자신이 경험하고 익힌 다양한 나라의 요리를 바탕으로 떡을 활용해 그만의 떡볶이를 만들어 낼 것이다.

경험이란 그런 것이다. 몸과 함께 살아 숨쉬는 것이다. 경험을 쌓을수록 입맛도 풍요로워진다. 다양한 맛과 멋은 그렇게 만들어진다. 퓨전의 세계에 근접하려면 버려야 하고 얻어야 한다.

법정 스님은 이렇게 말했다.

'크게 버리는 사람이 크게 얻을 수 있다. 아무것도 갖지 않을 때 비로소 온 세상을 갖게 되는 것은 무소유의 역리다.'

버리고 떠난 자가 얻는 것은 다양한 세상의 맛일 것이다. 달고 쓰고 짜고 맵고 때로는 씁쓸하고 신. 그 온갖 맛을 버무려대다 보면 나만의 맛이 하나쯤 창조되리라. 그러니 오늘도 길을 떠나라. 모든 경험이 당신만의 떡볶이를 완성시켜주는 바탕이 될 것이다.

떡볶이가 주연인 영화

이누도 잇신 감독의 〈조제, 호랑이 그리고 물고기들〉의 마지막 장면을 사랑한다.

조제는 작은 방에서 혼자 요리를 하고 혼자 그 음식을 먹는다. 방에는 적막이 흐른다. 오로지 조제만이 그 방에서 살아 있는 존재다. 그녀는 어쩌면 속으로 되뇌일지도 모른다. '그래, 나는 살아 있다'고, '내일은 내일의 바람이 불 것이다'라고. 그런 조제의 뒷모습이 조금 쓸쓸하지만 당차고 든든해 보인다. 그래서 다행이라고, 보는 이들은 모두 가슴을 쓸어내릴 것이다.

일본 드라마나 영화에는 혼자 밥을 먹는 사람들이 자주 등장한다. 이미 월세가 폭등해 더 이상 오를 것도 없는 도쿄의 집들은 모두 코딱지만큼 작고, 그래서 대부분의 젊은이들은 일찍 독립한다. 집이 작아서인지 독립심이 강해서인지는 알 수 없지만 둘 다일 수도 있고 아닐 수도 있다.

여하튼 일본 영화나 드라마 속 주인공들은 보통 혼자 살거나 연인과 함께 살거나 때로는 상사 집에 얹혀 살기도 한다. 〈호타루의 빛〉, 〈별 볼 일 없는 나를 사랑해주세요〉 등이 그렇다. 가족끼리 밥을 먹는다기보다 같이 살면서 밥을 먹다가 연인이 되고 가족이 된다. 그러다가 또 혼자가 된다. 조제처럼 말이다. 남겨진 조제는 사뿐하게 생선을 굽고 가뿐하게 된장국을 들이켠다. 극도의 외로움이 지나간 흔적은 꼭 다문 입술에 머문다. 영화나 드라마 속 음식들은 캐릭터를 상징한다. 흰 쌀밥, 생선구이, 된장국, 채소절임. 일본의 가장 보편적으로 알려진 상차림이 조제가 일상으로 돌아왔음을 고백한다.

재일동포 감독 양영희의 다큐 〈굿바이, 평양〉은 평양에 있는 조카 이야기를 그린 작품이다. 양영희의 조카인 선화는 떡볶이가 먹고 싶다고 말한다. 떡볶이를 북한에 사는 소녀도 알고 있구나. 단지 그것뿐인데 마음이 흔들린다. 떡볶이가 뭐라고 북한 소녀의 마음까지도 사로잡은 것일까? 정말 요물이 아닐까 싶다. 떡볶이란 단어 앞에서 남과 북의 장벽이 조금 낮아진 기분이 된다.

라세 할스트롬의 영화 〈쇼콜라〉에서 줄리엣 비노쉬는 초콜릿으로 보수적인 동네 사람들 입맛을 사로잡고, 〈아멜리에〉의 오드리 토투는 크렘브륄레와 티스푼 하나로 전세계를 매혹했다.

〈라라랜드〉에서 미아가 카페에서 커피를 시키는 마지막 장면도 인상적이다. 꿈을 이룬 그녀는 당당하게 자신이 배우임을 어필한다. 그것은 카페 점원이 선심 쓰듯 권한 도넛을 거절하는 장면이다. 이 소소한 행위는 그야말로 상상 속의 할리우드 배우를 형상화시켜 쏠쏠한 즐거움을 가져다준다.

〈콜 미 바이 유어 네임〉에선 또 어떤가. 복숭아는 순수하고 격정적인 사랑의 기호로 탈바꿈한다.

떡볶이를 먹으며 연애하는 중고생, 떡볶이를 먹다가 헤어지는 연인, 엄마가 사주는 떡볶이, 혼자 떡볶이를 만든 날의 추억, 아빠의 와이셔츠에 묻은 떡볶이 국물, 떡볶이와 함께하는 오후의 여유, 그런 장면들도 조만간 영화가 되지 않을까. 떡볶이를 바닥에 온통 쏟아부어버린 장면은 절망의 대표적인 표현이 될 수도 있을 것 같다. 그리하여 떡볶이가 주연인 영화의 탄생을 목을 빼고 고대한다. 그런 날이 오면 개봉 첫날 영화관으로 뛰어갈 것이다. 떡볶이를 좋아하는 사람은 어떤 캐릭터로 그려질 것이며, 떡볶이는 어떤 복선으로 쓰일까. 순댓국과 보쌈과는 조금 다른 캐릭터가 되지 않을까. 초콜릿이나 복숭아와도 다른 무언가가 분명히 탄생할 것이다.

BGM은 필수 항목

여름이 오면 무작정 엘비스 프레슬리가 듣고 싶어진다. 〈It's now or never〉의 느릿느릿하면서 느물거리는 음성을 듣고 있으면 문득 하와이 앞바다가 생각난다. 잔잔한 물결이 이는 바닷가, 쭉 뻗은 야자수가 자신의 자리를 지킨다. 화려한 색상의 칵테일을 들고 저 멀리 서핑하는 이들을 여유롭게 바라보는 그런 상상 말이다. 그는 부드러운 목소리로 감미롭게 속삭인다. 지금뿐이라고, 이제 우리 사랑을 하자고, 지금이 절호의 기회라고 애절한 눈빛으로 노래한다.

감미롭지만 펀치가 부족한 엘비스의 음성에 떡볶이의 매콤함은 퍼즐의 마지막 피스처럼 잘 들어맞는다. 매운 떡볶이를 먹다 땀을 흘리고 눈물까지 조금 쏟다가 스피커에서 울려 나오는 엘비스의 노래에 귀를 빼앗긴다. 하와이의 바닷바람이 식탁으로 몰려든다. 물론 떡볶이는 바나나 잎에 담아야 제격이고 갈릭 새우튀김, 코코넛 칩스를 곁들여야 한다. 블루 하와이 같은 칵테일도 한 잔 곁들인다. 자고로 하와이란 그런 것이 아닌가.

치지직 소리가 나는 빌리 홀리데이의 〈Fine and Mellow〉는 또 어떤가. 첫 소절을 여는 트럼펫 소리가 인상적이다. '글루미 선데이' '이상한 열매'로 널리 알려진 재즈 1세대 가수는 성공 가두를 달리면서도 온갖 차별에 맞서야 했다. 그녀가 떡볶이를 알았다면 인생이 또 바뀌었을까? 문득 그런 얄팍한 기대감을 가져본다. 그녀는 자신의 음성에 상처를, 희망을 그리고 영혼를 담았다. 고단한 일상이 담긴 빌리 홀리데이의 노래는, 떡볶이를 먹어야 내일 하루를 열 수 있겠다 싶은 이들에게 꼭 추천하고 싶어진다. 물론 당신이 재즈에 알러지가 없다면 말이다.

떡볶이는 모든 계절과 잘 어울리지만 여러 음악과도 쿵짝이 맞는다.

내가 아직 학교에 들어가기 전, 엄마는 아침이면 레코드 한 장을 걸었다. 배인숙의 노래일 때도 있고, 아바ABBA일 때도 있었다. 가을날 듣는 배인숙의 〈누구라도 그러하듯이〉는 가을에 쓸쓸함을 더해주는 특효약이었다. 엄마는 아바의 노래들을 흥얼거리며, 남편이 출근한 아침 혼자 커피를 마셨다. 나는 그 옆에서 조용히 그림을 그리거나 인형놀이를 했다. 어제 본 드라마를 떠올리고 인형들을 데리고 고스란히 흉내내는 시간을 좋아했다.

영화 〈맘마미아〉 시리즈가 히트를 치면서 아바의 노래들을 더 자주 들을 기회를 얻었다. 잔잔한 멜로디와 네 멤버의 뛰어난 하모니가 언제 어느 계절에 들어도 귀를 행복하게 해준다. 물론 떡볶이를 먹을 때 들어도 제격이다.

장필순의 음성도 여름과 잘 어울린다. 처량하면서

시원하고 부족한 듯하지만 꽉 차 있다. 담백한 목소리와 정확한 음정은 평화를 가져다준다. 원두막에서 수박을 깨놓고 뒹굴다가 듣고 싶은 목소리다. 떡볶이를 후후 불며 냉방을 강으로 맞춰놓고 틀어놓아도 좋을 것이다.

엘비스 프레슬리를 틀었다가 장필순으로 바꿨다가 아바를 틀었다가, 방탄소년단을 걸어보곤 한다. 학생들을 가르치려면 방탄소년단은 필수다. 세상에는 방탄소년단 때문에 한국어 배우기를 시작했다는 학생들이 손가락으로 다 셀 수 없을 만큼 많다.

존 레전드의 음악들도 하나같이 걸작이다. 성량도 풍부하고 외모도 마음에 쏙 든다. 존 레전드와 그의 아내가 함께 등장하는 사랑스러운 영상을 본다. 사랑을 속삭이는 연인은 아름다움과 동시에 약간의 짜증스러움도 동반한다. 나의 짜증스러움과는 관계없이 그들은 여전히 돈독한 관계를 유지하는 듯 보이며, 존 레전드의 지적인 이마는 영화 〈라라랜드〉에서도 어필된 바 있다.

한편 필리핀에서 미국으로 건너가 〈미스 사이공〉의 주연으로 발탁, 이후 디즈니 〈알라딘〉의 자스민 공주를 맡은 리아 살롱가의 커버 앨범도 좋아하는 음반 중 하나다. 맑고 청량하면서도 힘 있는 목소리가 아름답다. 더불어, 미국까지 건너가 이렇게 큰 성공을 거머쥔 그녀를 보며 혼자 대리만족을 느끼기도 한다.

모든 음악은 사랑이다. 모든 떡볶이도 사랑이다. 음악과 떡볶이가 함께하면 더욱 즐겁다. 거기에 책 한 권이 더해지면 더더욱 그러하다. 식탁 위에는 몇 점의 우편물과 김애란의 『바깥은 여름』, 그리고 떡볶이가 담긴 프라이팬이 올려져 있다.

『바깥은 여름』 그 첫 장을 연다. 끊어진 관계에 관한 이야기가 시작된다. 바깥은 여름이어도 속은 냉랭하게 식어버린 이들의 상실감에 귀를 기울인다. 아마도 음악과 떡볶이가 그 상실감을 모두 채워줄 수는 없으리라. 사람을 잃은 상실감은 그렇게 쉽게 채워지는 것이 아닌 탓이다. 하지만 그 상실감의 만 분의 일쯤 위로가 될 수 있기를 바란다. 산다는 것은 그런 것이다. 상실감을 어떻게 채울 수 있느냐가 그 후를 좌우한다. 상실한 채로 두느냐 무언가로 채우느냐는 오로지 개개인이 선택할 몫이다. 다만 내일을 살기 위해, 상실감의 만 분의 일만큼이라도 무언가로 채워두는 편이 조금 나을 수도 있다. 떡볶이와 음악이 채워줄 수 없는 부분도 끌어안고 살다 보면, 어느 날 문득 누군가가 다가와 짐을 나누는 날이 올지도 모른다. 아니면 스스로가 조금 덜어내고 가벼워지는 날이 올지도. 그날이 오기까지 지금은 그저 좋아하는 음악을 틀고 떡볶이를 먹자. 너무 고민할 필요는 없다. 다행히도 떡볶이는 모든 음악과 잘 어울린다.

군침의 달인

스카치 버터 캔디.

어린 시절엔 스카치 버터 캔디에 열광했다. 침샘이 폭발한다. 입안 가득 고인 침을 꿀꺽 삼킨다.

칼파니 캔디 시리즈도 그렇다. 캔을 열면 과일향이 퍼져나온다. 포도, 사과, 체리, 와일드베리. 둥근 틴 케이스에 든 그 사탕을 언제나 가방 안에 넣고 다녔는데, 딱히 사탕이 먹고 싶어서가 아니라 기분이 참 좋아서였다. 우연히 만난 친구에게 하나 건넬 수도 있고, 엄마가 윗집 영은이네 엄마와 수다 삼매경일 때 그 옆에서 슬쩍 꺼내 한 알 입안에서 굴리며 시간을 때웠다. 그 시절 칼파니 캔디는 게임기이고 휴대폰이고 아이패드였던 건지도 모른다. 향기로운.

원래 단 음식을 좋아하는 편은 아니지만 뭉게뭉게 피어나는 솜사탕 앞에서 군침을 흘렸고, 그림책에나 나오는 3단 아이스크림, 5단 케이크 사진 앞에서 정신을 차리지 못했다. 침샘 폭발은 그렇게 달콤한 곳에 집중되어 있다가 어느 날 갑자기 뚝 하고 사라져버렸다. 스카치 버터 캔디 앞에서도 칼파니 캔디 시리즈 앞에서도 솜사탕이며 아이스크림, 케이크 앞에서도 시큰둥한 표정을 짓게 된다.

결혼식 때 케이크를 몇 단짜리로 할까 웨딩 플래너와 상담을 하면서도 속으로는 케이크가 정말 필요할까, 고민이 많았다. 이제 그 모든 것을 내 손으로 구입할 수 있게 되었을 때 나는 더 이상 여섯 살짜리 아이가 아니었으며, 달콤한 모든 것에 너무나 쉽게 오른손을 저으며 "됐다"고 말할 수 있게 된 것이다. 그리하여 결국 웨딩 케이크는 마다했다. 대신 정원에 디저트 뷔페를 마련해, 식사가 끝난 손님들끼리 자유롭게 즐기도록 했다.

내게도 침샘 폭발이 또 다시 찾아올까. 그건 어린 아이만의 특혜가 아니었을까 하고 생각하기 시작했을 즈음, 또다시 침샘 폭발 현상을 겪게 되는데, 바로 김치찌개 냄새 앞에서였다. 밥을 먹을 시간도 아닌데, 온몸이 반응하는 그런 순간이었다. 김치찌개는 정말이지 강렬하다. 푹 익은 김치와 스팸과 돼지고기, 그 모든 재료가 보들보들해질 때까지 끓인다. 떡을 좀 넣어도 좋다. 그 냄새 앞에서 침샘 폭발하는 자는, 그가 어느 국적이건간에 한국에서 자랐다는 증거이며 한국 요리가 몸에 배어 있다는 증거가 아닐까. 아니, 다른 사회에서 자란 사람도 김치찌개 앞에서 침샘이 폭발할까?

참, 알리오 올리오는 또 어떤가. 올리브 오일에 마늘이 볶아지는 순간, 그 냄새에 군침 흘리지 않을 자신이 있는 자가 과연 있을까? 그렇다면 나는 이탈리아에서 자랐거나 이탈리아 요리가 내 몸에 배어 있다는 것일까? 설마 그럴 리가! 나도 모르는 사이 외계인에게 납치되어 알리오 올리오 냄새만 8시간쯤 쏘인 후,

슬쩍 침대로 되돌려진 일이라도 있었던 것일까? 만일 그렇다면 얼마나 많은 이들이 이런 알리오 올리오 납치 사건을 겪은 걸까? 일본 음식에선 아무 반응도 없는 침샘이 꼭 마늘 앞에서 이렇게 무너지는 이유가 궁금하다. 대체 무엇이 그토록 우리들의 식욕을 돋우는 것일까?

이십대 시절에 음식은 내 인생의 중심이 아니었다. 먹어도 그만이고 안 먹어도 그만. 스무살의 나는 덜 먹어서 체중이 덜 나가는 것이 맛있는 음식을 먹는 삶보다 우위에 있다고 여겼다. 그리하여 아무리 맛있는 음식도 적정선 이상을 먹는 일이 없었고, 딱히 맛집을 선호하지도 않았다.

'맛있는 음식을 맛있게 먹자.' 그런 말도 와닿지 않았다. 의식주라는데, 당시 나는 아직 '의'의 세계에 있었다. 그것은 아마도 인생의 시작을 알리는 시기였는지도 모른다. 마음에 드는 옷을 입고 가고 싶은 곳에 가는 것, 그것이 스물의 내가 꿈꾸던 인생이었다.

마흔의 나는 이제 '식'의 삶을 살고 있다. 음식이 사람을 행복하게 해준다는 말을 믿는 시기다. 신선한 채소를 사서 나물을 만들어 둔다든지 가끔은 철판을 꺼내어 고기를 굽기도 하고, 간단한 쿠키를 굽거나 치즈케이크를 만들기도 한다. 그런 것들이 삶을 풍요롭게 해주기 때문이다. 그 '풍요로움'이란 식탁 위를 가득 채운 반찬이 아니라 먹고 싶은 것을 먹을 수 있는 개인적이고 소소한 풍요로움이다. 언젠가는 '주'의 날들이 올 것이고, 그때쯤에는 아마 또 다른 곳에서 행복이나 행운을 찾게 될 것이다.

지금 나의 몸은 어떻게든 살려면 먹으라고 외친다. 어떤 음식이 인생에 동기 부여가 될지 알 수 없지만, 우리는 그래서 구석구석 맛집을 찾아다니며 살기 위해, 감당하기 위해 애쓴다.

때로는 연인과 헤어진 후에 칼국수를 먹으며 헛헛한 마음에 애정 대신 따뜻함을 들이붓고, 붙잡지 못한 씁쓸함과 서러움을 낙지볶음으로 달래기도 한다.

상사와 트러블이 생겼을 때는 뜨끈한 설렁탕을 들이켜며 속풀이를 하거나, 한여름 추어탕을 먹으며 괜찮다고 털어버리라고 자신을 위로하기도 한다. 거리를 걷다가 만난 시뻘건 떡볶이에 오늘 하루를 맡겨보기도 한다.

마흔이 넘은 나는 여전히 떡볶이 앞에서 속수무책이 된다. 오늘 주어진 몇 조각을 먹을 수 있다면 다행이지 않을 수 없다. 한국에 살았더라면 떡볶이집 전문가가 되어 블로그에 떡볶이집 탐방을 올리고 있을지도 모른다.

'침샘이 반응한다.' 그것은 얼마나 고마운 일인가. 살아가라고 몸과 머리가 나에게 내려주는 따뜻한 배려다.

쌀떡도 밀떡도 아니지만

얼마 전 생긴 동네 대형 마트 진열대에 무려 떡볶이가 놓여 있어 깜짝 놀랐다. 200엔 가까이 하는데 떡과 소스가 들어 있다. 안타깝게도 떡이 다섯 조각뿐이다. 이걸 사야 해, 말아야 해.

진열대 앞에서 고민한다. 계산을 하자면 교통비를 무릅쓰고 한인타운에 가서 1킬로짜리 떡을 사오는 것이 득이다. 그러나 지금 떡볶이를 만나야겠다고 위장이 부르짖는다.

큰맘 먹고 하나를 카트 안에 넣는다. 마트를 돌며 가계에 부담이 되지는 않을지를 생각하고 또 생각한다. 결론적으론, 나도 애써 돈 버는데 이것도 못 사 하고 종결된다.

지난 정월엔 혼자 시댁에서 하루 일찍 돌아와 집에서 여유로운 시간을 보냈다. 일본 상점들은 정월엔 문을 닫는 경우가 많은데, 주택가인 우리집 주변도 그렇다. 아무도 없는 집에서 편의점 도시락을 먹자니 괜스레 처량해 냉장고를 뒤졌다. 일본식 찹쌀떡이 떡하니 들어 있었다. 구워서 간장을 찍어 먹는 일본식 조리법도, 한국처럼 조청을 찍어 먹는 것도 간식으로는 괜찮았지만, 조금 든든하게 식사 대용으로 먹고 싶었다.

뭐가 좋을까?

앗, 그래 떡볶이가 있었지.

단단한 직사각형 찹쌀떡을 1센티 크기로 자른다. 워낙 잘 들지 않는 우리집 칼로 자르려면 힘과 결단력이 필요하다. 멈칫하거나 조마조마할 필요 없이 싹둑 자른다.

프라이팬에 참기름을 두른다. 떡을 넣고 볶는다. 찹쌀떡이라 부서질까 마음 졸인다. 잘게 썬 양배추를 넣고 당근도 채를 썰어 넣는다. 떡이 퍼져서 덩어리가 되는 걸 막으려면 빠른 조리가 최선이다. 채소들은 당연히 채썰기다. 빠른 조리를 위해 채쳐 넣은 채소들이 조금 익으면 설탕을 살짝 뿌린 후 간장과 고추장을 섞은 소스를 넣고 볶는다. 포인트는 볶는다는 점이다. 끓였다간 떡이 다 물러버릴 테니까.

한입 베어 문다.

쫀득한 식감은 덜하지만, 분명히 떡볶이다.

궁지에 처하면 또 알아서 살아남는 법을 모색하게 된다. 찹쌀떡도 잘하면 떡볶이가 된다. 찹쌀떡밖에 없다고 해서 두려울 이유가 없다. 이미 한 번의 성공 체험을 만들었으니까 말이다.

두뇌학자들은 소소한 것이라도 좋으니 성공 체험을 꾸준히 쌓는 일이 자존감을 가지게 하고 결과적으로 인생을 성공으로 이끈다고 말한다. 그러나 성공이란 개개인에 따라 다른 정의를 내릴 수 있는 종류의 단어다. 그래서 감히 어느 하나만이 성공이라고 말할 수 없기 때문에, 이런 두뇌학자들의 발언을 어떻게 받아들이면 좋을지 고민스럽다.

그럼에도 불구하고 작은 성공 체험이 실질적으로

긍정성을 유도한다고 믿는다.

100미터를 뛰려면 일단 팔다리를 움직이는 일부터 시작해야 한다. 갓 태어난 아기는 석 달간 팔다리로 허우적대다 보면 어느새 목을 가누게 된다. 기고 서고 뒤뚱뒤뚱 걷는 시간을 거치면 1미터쯤 넘어지지 않고 뛸 수 있는 날이 온다. 10미터가 되고 100미터가 된다.

팔다리를 움직일 때 환호해주고, 기기 시작했을 때 손뼉을 쳐주고, 첫 걸음마에 덩실덩실 춤을 춰주는 칭찬이 성공 체험을 긍정적으로 두뇌에 각인시킨다. 그리하여 100미터를 뛰게 되고 어느 날 1킬로미터를 달리게 되었을 때, 스스로가 자기 자신을 칭찬해줄 수 있게 될 것이다. 아니, 꼭 칭찬해주길 바란다.

공부도 요리도 사람을 사귀는 일도 다 그렇다. 듣고 읽게 되기까지 방대한 시간을 필요로 한다. 독해를 하고 문제를 풀기 위해선 더 많은 것을 쌓아 올려야 한다. 모든 일은 과정을 거치게 마련이다. 실패부터 따지기보다 칭찬 먼저 해보는 법을 택하기로 한다.

사람을 사귀는 일은 공부나 요리보다 훨씬 어렵다. 누구나 저마다의 개성이 있고 생각 또한 다르기에 마음껏 컨트롤할 수 있는 대상이 아니다. 인간관계는 그것을 깨닫기까지가 절반에 해당한다. 자신의 힘이 온전히 미칠 수 없는 상대를 어떻게든 회유하거나 힘으로 바꾸려 하지 않을 것. 그렇다고 상대가 이끄는 대로 따라만 갈 수도 없는 법이다. 자신을 피력하며 상대를 받아들이는 줄다리기의 관계다. 줄을 놓으면 끝날 테지만 끝까지 붙들고 끌려갔다가 끌어오고 또 끌려감을 되풀이하면서 팽팽한 관계를 유지하는 것이 가장 건강한 상태가 아닐까.

떡볶이에 카레를 넣고, 춘장을 넣고, 때로는 찹쌀떡으로 떡볶이를 하는 무모함을 저지르는 것도 다 하나의 경험이자 성공을 위한 발걸음일 게 분명하다. 아니, 꼭 성공할 필요도 없지 않은가.

그전에 도대체 성공이란 무엇일까?

내일의 성공은 매일 마주치는 동네 아주머니한테 살짝 머리를 숙이고 인사말을 건네는 것일 거고, 모레의 성공은 까탈스러운 상사에게 한 방 먹이는 일일 수도 있다. 어제 가보지 못한 길을 걸어보는 것일 수도 있고, 조금 일찍 일어나 학교에 가거나 출근하는 일일 수도 있다. 1킬로밖에 뛰지 못한 체력을 2킬로쯤 뛰도록 만들어가는 것, 잠시 휴대폰을 내려놓고 책을 한 페이지 더 읽는 것, 그런 마이크로 사이즈의 성공들이 쌓이다 보면 어느새 커다란 벽 앞에서도 주눅 들지 않고, 로프를 꺼내어 오르기 시작할 날이 올지도 모른다.

신정에 애들과 남편이 없는 조용한 집에서 혼자 떡볶이를 먹으니, 조금 쓸쓸하면서도 마음이 편안하다. 올 한 해는 매일 한 페이지씩 메꿔보자고 다짐한다. 밥이 되든 죽이 되든. 남편을 조금 이해해보자고 마음먹는다. 가능할지 모르겠지만, 마음가짐을 다지는 것만으로 삶이 조금 달라질 것 같다.

실패를 거듭하는 것 자체가 성공이라고 믿는다. 올해도 무수한 실패가 나를 기다릴 것이다. 이러다간 집에서 쌀떡을 만들겠다고 혼자 방아 찧을 날이 닥칠지도 모른다. 쌀떡을 제조하려면 얼마나 많은 실패를 거쳐야 할까? 그래도 도전할 용기가 있다는 사실에 조금 안도한다면 그만이다. 그렇다면 올해의 새로운 목표를 직접 만든 쌀떡으로 떡볶이 만들기로 잡아볼까?

여름의 끝자락에서

통인시장 골목을 지나 옥인 오락실을 지나자 '남도 분식'이 나온다. 자개로 된 탁자와 희끗희끗한 무늬가 들어간 분식점임을 증명하는 녹색 접시들, 작게 낸 창문과 양옆으로 묶어놓은 앙증맞은 커튼. 컨셉인 듯한 '레트로'함이 눈과 마음을 사로잡는다. 노란 티셔츠에 빨간 모자를 쓴 점원들의 친절함, 오픈형 주방 등 깔끔함 등은 개인이 운영하는 분식점과는 사뭇 다르다.

대표 메뉴인 시래기 떡볶이와 상추 튀김을 시킨다. 시래기를 넣으니 구수하고 깊은 맛이 난다. 상추 튀김은 으레 상추를 튀겨 나온 걸로 예상했는데, 튀김과 상추가 따로 나온다. 상추에 싸먹어서 상추 튀김이라니. 그야말로 언어적 상상을 조각 낸다. 주는 대로 싸서 먹으니, 상상을 붕괴시키는 맛이다. 튀김을 쌈에 싸서 먹는다는 이런 단순한 발상을 왜 지금껏 실행하지 못하고 살아온 것일까? 이런 맛을 몰랐던 사실이 후회가 될 정도로 맛있다. 아니, 이렇게 잘 어울리는 조합을 왜 아무도 나에게 알려주지 않은 것일까? 다들 자기들끼리만 알았던 것일까? 갑자기 우주에서 홀로 떨어져 나온 고독함이 밀려든다.

짜장 떡볶이를 추가하고, 탄산음료도 추가한다. 탄산음료를 즐겨 마시는 편은 아니지만, 튀김을 쌈에 싸서 먹는단 사실을 알게 되었는데, 탄산음료쯤이야.

시래기 떡볶이, 짜장 떡볶이, 상추 튀김이 올려진 상을 보고 뿌듯함을 느낀다. 한국에 살면 매일 이런 걸 먹을 수 있을까 싶은 부러움이 마음 저편에서 솟아오른다.

저녁을 먹고 나면 허물없이 찾아가 차 한 잔을 마시고 싶다고 말할 수 있는 친구가 있었으면 좋겠다. 내가 한때 사랑했던 그가 우리집 근처에 산다면, 그는 골목길의 끝이 보고 싶어서 걷다가 너희 집 앞에 도착했다고 말할 것이다. 그러면 나는 차라도 한 잔 하고 가라고 불러서, 하루의 근심과 하루의 행복과 하루의 풍경과 한숨과 안도를 모두 쏟아내고, 이윽고 와인을 한 잔 대접한 후 마주 보고 웃다가 조신하게 안녕을 고하게 될 것이다.

가끔 골목길을 헤매다가 그 친구를 떠올리곤 한다. 그가 노래를 잘했다는 것도 늘 오토바이를 타고 싶어 했다는 것도 소설을 썼다는 것도 연극을 했다는 것도 그림을 그렸다는 것도, 그가 한때 나의 연인이었다는 것도 다 잊고 살았다.

그의 집 앞 골목길을 서성대다, 베이커리 앞에서 그가 좋아하던 레몬 파이가 여전이 남아 있다는 사실에 안도하고 돌아왔다는 것도.

저녁녘이면 솔솔 바람이 불고, 해도 짧아진 여름의 끝자락에서, 누군가 우리집 초인종을 누르고 떡볶이를 먹으러 왔다고 말해주었으면. 그러면 나는 아마 괜한 뭉클함을 누르고 시큰둥하게 맞아주리라. 상추 튀김의 묘미까지도 선사해주리라. 얼굴엔 감출 수 없는 반가움이 이미 서려 있을 게 분명하다.

뾰글 머리 할머니의 떡볶이

허리가 굽은 할머니가, 의자에 한쪽 다리를 세우고 앉아 물에 만 밥을 먹고 있다. 식탁에는 오이지가 보인다. 오이지를 참기름과 고춧가루를 넣고 살짝 버무린 그 밑반찬 말이다.

엄마도 가끔 그랬다. 어디 엄마만 그랬을까. 이모들도 가끔 식탁 의자에 다리를 한쪽 걸치고 앉아 물 말은 밥을 먹었다. 먹기도 귀찮다거나, 식욕이 없을 때, 또는 더운 여름날에.

증조할머니는 늘 숭늉에 밥을 말아 드셨다. 입안이 깔깔하다며, 후루룩 마시시던 모습이 생생하다. 입안의 건조함 따위 어린 나는 알지 못했다. 지금은 나도 그 건조함이 무언지 손톱만큼은 이해한다. 건조는 피부에만 찾아오는 것이 아니라, 머리카락, 눈, 입안, 손

끝, 발뒤꿈치에도 여지없이 찾아오더라.

엄마는 장을 보고 난 다음에 "장을 봐도 먹을 게 없네"라며 금세 밥에 물을 부었다. 물 말은 밥에 김치와 짠지를 꺼내놓고 조촐한 식사를 했다. 어느 날은 가족 상을 차린 후, 모두 먹고 떠난 식탁에 앉아 물 말은 밥을 외롭게 또는 홀가분하게 넘기기도 하셨다.

떡볶이를 시키자 주인 할머니는 물 말은 밥을 먹던 수저를 내려놓고 구부정한 허리로 데운 떡볶이를 한 접시 가지고 오신다.

소고기 국물 맛이 나기에 고기로 육수를 내서 만드시냐고 물었더니, 잘 안 들리시는 듯 몇 번이곤 "뭐라고?"라고 묻는다. "육수요!" 하고 대답하자, "아, 내가 오뎅 국물을 깜박했네" 하신다.

대화는 톱니가 어긋나듯 방향성을 잃는다. 누군가 오뎅 국물을 안 줬다고 따진 적이 있는 걸까. 할머니는 이런 일을 종종 겪어본 것 같다.

떡볶이는 적당히 맵고, 조금 짰다. 그 조금 짠 듯한

맛이 또 매력적이다. 우리가 잘 아는 그 맛이다. 밀가루 떡에 약간의 텁텁함이 남아 오뎅 국물을 들이켜면 딱 좋을 그 맛 말이다. 먹은 후에도 오랫동안 입안에 여운이 남아 떡볶이를 그립게 하기도 하고 당분간 그만 먹어야겠다는 생각이 동시에 들게 하는 그 맛.

뽀글 머리 파마의 주인 할머니는 딱히 친절할 것도 없이 떡볶이를 내주고는 곧장 물 말은 밥을 먹다가, 다음 손님이 오자 젓가락을 놓고, 떡볶이를 접시에 담았다. 주인 할머니의 다 늦은 점심시간은 때때로 찾아오는 손님들로 인해 조금씩 늘어지고 있었다. 그런 할머니의 밥이 다 불어버리면 어쩌지 싶은 걱정을 하면서 연신 떡볶이를 입으로 가져갔다.

스틸 의자들이 늘어선 가게 안, 벽 한 면에는 붙어 있는 성서 구절과 셀프 서비스인 단무지, 뽀글 머리의 할머니, 물 말은 밥과 짠지, 텁텁하고 짠맛이 강한 떡볶이. 어느 하나도 빠뜨릴 수 없는 전형적인 조합이다. 티브이 드라마로 분식점을 재현해야 한다면 이곳처럼 잘 짜여진 로케 현장도 없을 것이다. 이 가게의 인기 비결은 덜하지도 더하지도 않은 '분식점'이란 분위기다.

주인 할머니의 독특한 분위기도 한몫한다. 우리가 잘 아는, 하지만 얼굴을 잘 기억하지 못하는 동네의 할머니들, 딱히 주변 아이들을 아끼는 타입도 아니지만, 무슨 일이 생기면 못 본 척 지나치지 않는 어르신들, 뽀글 머리 파마를 하고 앉아 미숫가루를 마시고 있을 것 같은 그런 이미지의 재생이다.

할머니의 머리는 그 뽀글 머리 위에 짐을 이고, 몸빼를 입고 길을 거닐던 수많은 과거의 여성들을 떠오르게 한다. 내내 일을 하고 입맛을 잃고는 찬밥을 물 말아 먹었을 여성들을, 악착같이 살아왔을 흔적들을 생각한다.

마흔까지의 자신을 상상해본 적은 있지만 마흔 이후의 삶에 대해서는 무지한 까닭에 자신에게 닥칠 일임에도 딱히 상상을 해본 적이 없다.

입맛이 없다며 밥에 물을 붓고 짠지와 함께 조촐한

식사를 하는, 머리를 짧게 잘라 펌을 한 할머니가 되어 있을까? 어찌 되었든 억척스럽게 살아온 여성들의 동지가 되었을 것이다. 우리 엄마, 이모들, 그리고 분식점의 할머니처럼 주어진 삶을 열심히 살아갈 것이다.

많은 말을 하지 않고 딱히 친절하지도 않지만 그렇다고 불의를 못 본 척하지도 않는 그런 할머니가 되고 싶다. 가끔 떡볶이도 먹을 수 있었으면 좋겠다. 그러려면 떡볶이를 맛있게 만드는 법도 터득해야지. 맘에 쏙 드는 분식점도 여럿 개척해두고 싶다.

통인시장의 기름 떡볶이

날이 후덥지근하다.

통인시장 기름 떡볶이와는 어울리지 않는 날씨다. 그럼에도 지인의 소셜 미디어와 티브이로만 보던 그 기름 떡볶이를 꼭 찾아 먹어야겠다는 일념에 발을 통인시장으로 돌렸다.

그 좁고 긴 길을 걸으며 잠시 떡이나 반찬으로 눈이 돌아가기도 했지만 충실히 떡볶이를 찾아 걸었다.

양옆으로 나란히 있는 떡볶이집은 두 집 모두 원조 간판을 내걸고 있다. 어느 집이 원조인지 나는 사실 지금껏 따져본 적이 없었다. 아무렴 어때. 어차피 다 통인시장 아닌가로 퉁치고 있다는 사실을 알면 진짜 원조인 가게는 기분이 상할까.

사람이 많은 곳을 원조로 치기로 했다. 이 또한 얼

마나 근거 없는 결정인가.

기름 떡볶이에는 간장 떡볶이와 고춧가루 떡볶이가 있다. 배가 부른 상태라, 둘 다 시키기가 꺼려진다. 둘 다 시키지 않은 사람은 냉방이 시원한 내부엔 들어갈 수 없다고 떡볶이를 볶던 할머니가 짜증스럽게 제지한다. 알겠다며, 얼른 밖의 테이블에 앞에 서서 허겁지겁 떡볶이를 먹기 시작했다.

기름에 떡을 볶다가 고춧가루를 넣고 다시 볶아서 낸 심플한 맛이다. 다른 떡볶이와의 차이는 설탕이다. 단맛이 거의 나지 않는다. 이 더위에 이 짭조름한 떡볶이에 가장 잘 어울리는 음료는, 그렇다! 맥주다!

"저기, 맥주는……?"

주인 할머니는 한심하다는 듯한 눈초리로 "없어"라고 하신다. 간판에도 음료는 적혀 있지 않다. 이 집은 기름 떡볶이 전문점이다. 즉 기름 떡볶이 이외의 것들은 취급하지 않는다. 기름 떡볶이를 1인당 두 접시를 팔아야 하루 매상이 나온다는 의미인지도 모른다. 이기적인 손님의 입장에선 떡볶이 두 접시보다 맥주를 팔아달라고 요청하고 싶다.

떡볶이에 달라붙은 고춧가루도 정답이다. 고추장으로는 낼 수 없는 맛이다. 기름을 입힌 떡에 고춧가루로 코팅된 떡볶이는, 사람에 따라 호불호가 갈리겠지만, 술안주로 너무나 제격일 듯싶다.

떡볶이를 먹는 겨우 15분도 안 되는 시간에 너댓 손님들이 줄을 서기 시작했고, 할머니는 누구에게나 딱딱한 표정과 태도로 일관하며 둘 다 시켜야 한다고 강조했다. 냉방이 된 방은 둘 다 시킨 사람에게만 허용되는 공간임을 되풀이했다.

그래, 그럴 수도 있다.

날은 더웠다. 33도 가까이 되었고, 장마 끄트머리의 후덥지근함이 절정에 달해 있었다. 하루 종일 불 앞에 앉아 떡볶이를 볶았을 주인의 기분을 수박 겉핥기 식이지만 알 수 있었다. 내내 가게 밖 불 앞에서 볶은 떡볶이를 파는데, 양도 적게 시키는 데다 메뉴에 있지도 않은 맥주를 찾는 손님이 반가울 리가 없다.

어떤 가혹한 조건하에서 사람은 상대방에게 친절

하기 쉽지 않다. 이렇게 후덥지근한 날, 내내 떡볶이를 볶아야 하는 할머니의 컨디션과 기분이 아무래도 신경 쓰인다. 얼른 먹고 자리를 다음 사람에게 양보해야지 싶다. 설탕을 쓰지 않은, 선호하는 타입의 떡볶이를 발견한 것만으로 충분했다. 나중엔 싸가서 맥주와 먹어야지. 테이크아웃은 귀찮다고 이마를 찡그리실까.

서울이란 대도시, 통인시장 골목에 앉아 이 더위 아래 내내 떡볶이를 볶는 일을 하는 사람이 살고 있다는 것이 어쩐지 괜한 위로가 된다. 살면서 상대방에게 대부분의 경우 아무런 위로도 되지 못하는 상황이 훨씬 많다. 하지만 어딘가에 오늘 하루를 열심히 살고 있을 사람이 있다는 것을 상상하면 조금 기분이 나아지고 열심히 가보자고 결심하게 된다.

떡볶이집 할머니의 불친절도, 인심을 쓰지 않겠다는 듯 꾹 다문 입술도, 쌀쌀맞은 태도도, 그 사람이 살아온 과거를 상상하게 만든다. 가식적인 웃음이 필요할 때도 있지만, 짭조름한 떡볶이와 맛으로 치자면 역시나 짭짤할 것 같은 이미지의 주인 할머니는 꽤나 잘 어울려서 입꼬리가 살짝 올라가며 웃음이 새어나온다.

통인시장 떡볶이집의 인색함과 비교되는 곳이 북촌에 있는데, 바로 떡꼬치로 유명한 풍년 쌀농산 떡볶이집이다. 원래 쌀집인지라 쌀로 만든 떡으로 잘 알려져 있다. 천 원짜리 떡꼬치는 북촌을 관광하는 외국인 여행객에게도 인기인가 보다. 다양한 외국인들이 떡꼬치를 손에 들고 북촌을 산책 중이다.

널찍한 가게 안에는 냉방이 시원하게 가동 중이다. 쌀떡볶이가 먹음직스럽다. 고추장이 잘 배인 떡볶이는 쫄깃한 식감이 좋다. 가게 안에는 참새들이 날아다닌다. 주인은 "얘네가 여기서 살아요"라며 웃음 짓는다. 쌀만 먹는 게 아니라 요즘은 달콤한 음식들도 탐하게 되었다며 자식 보듯 뿌듯해한다.

30도를 웃도는 날씨, 냉방이 된 가게 안의 직원들은 저마다 웃음을 띠고 일하고 있다. 그래, 한여름에 냉방된 환경은 노동자의 기본인 것이다. 역시나 통인 시장 할머니에게 필요한 것은 냉방이었으리라.

기름 떡볶이도 쌀 떡볶이도 저마다의 세계가 담겨 있다. 많이 그리울 것이다. 통인시장의 까칠한 주인 할머니도, 참새를 보고 자식 보듯 한 주인 아저씨도. 무엇보다도 떡볶이가 그리울 것이다.

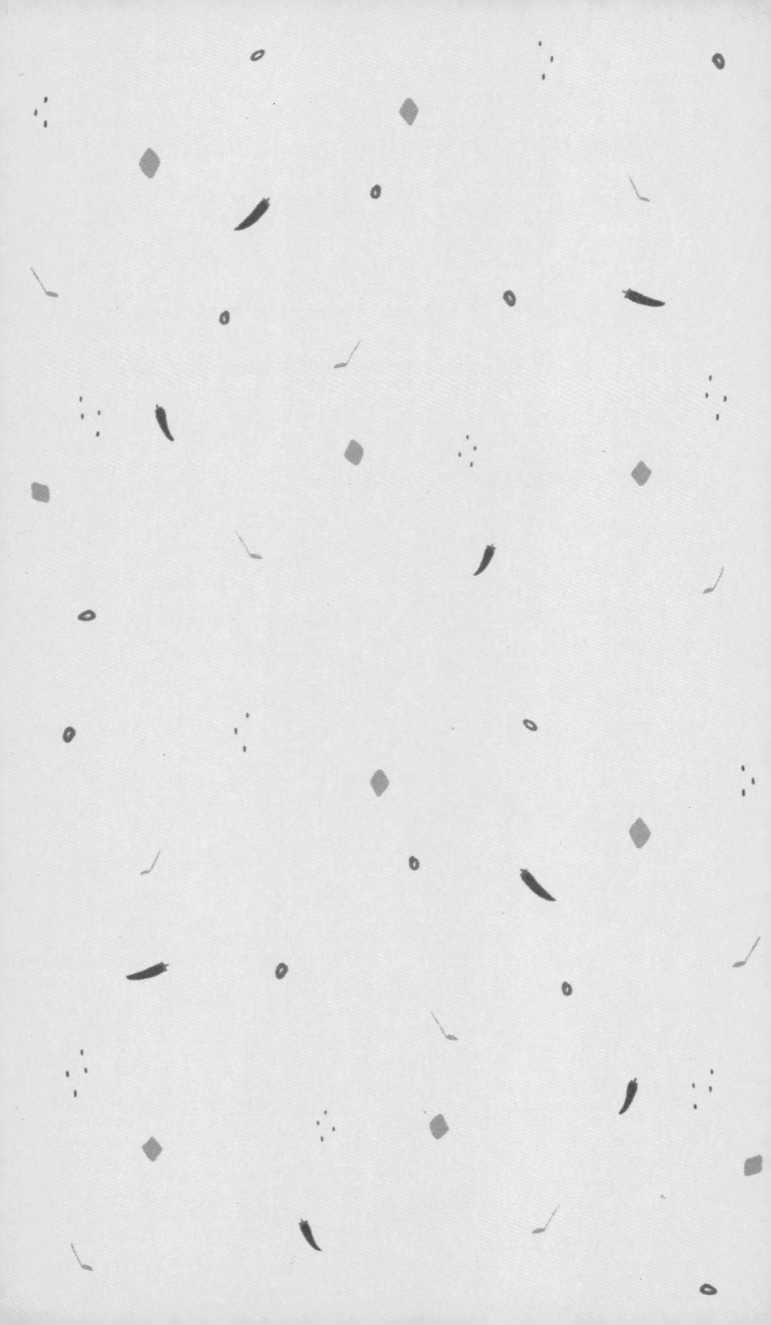

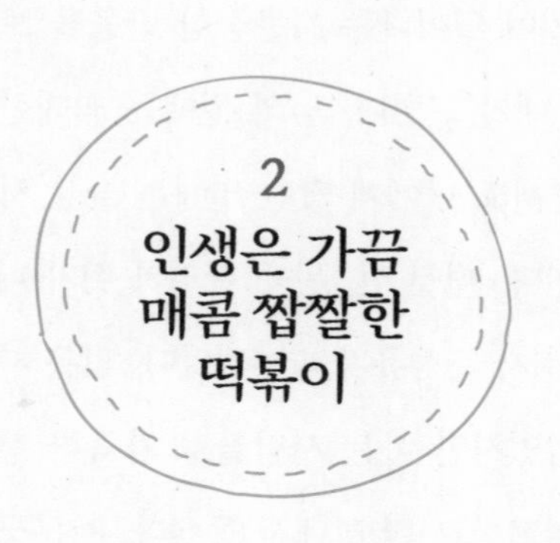

2
인생은 가끔 매콤 짭짤한 떡볶이

시큰둥한 인생

무슨 일이 일어나든 시큰둥한 반응을 보이는 이들이 있다. 내가 그렇다. 남의 일에는 최대한의 리액션을 보이면서도 나에게 닥친 일에는 늘상 시큰둥한 반응을 보인다. 며칠 전, 왼쪽 다리가 쥐가 나고 아프더니 조금 뛰자 근섬유가 파열되었다. 앉은 자리에서 주저앉고 싶었지만 아는 사람들로 가득한 장소라 아프면서도 아프다고 티도 내지 못했다. 시큰둥한 얼굴로 아무렇지도 않은 듯 자리를 지키다가 다리를 절뚝이며 집으로 돌아왔다.

속 시원하게 우는 사람도 부럽고, 아프면 아프다, 기쁘면 기쁘다고 털어놓는 사람도 부럽다. 보통 시큰둥하게 반응하는 사람들은 애정 결핍 또는 자신감 결여를 겪고 있다. 사랑해주는 사람이 곁에 있거나 엄청난 자신감으로 자신을 무장했을 때만 속마음을 쉽게 털어놓을 수 있다. 자기애가 강한 사람들은 자신의 감정을 전달하기 전에 발 뻗고 누워도 될 자리인지를 먼저 판단하려고 한다.

나는 엄마에게 암 선고가 내려졌을 때도 시큰둥하게 대답했다. 괜찮을 거라고. 요즘은 흔하지 않냐고. 엄마는 많이 서운했을 것이다. 그런데 그 자리에서 목을 놓고 울 수도 없었다. 눈물을 보이면 당사자인 엄마를 절망 속으로 빠뜨릴 것 같았다. 그러나 금세 후회했다. 누구라도 좋았다. 엄마를 위해서 울어줄 사람이 필요했다. 딸로서 그 자리를 자처했어야 했다. 그 결과 엄마를 서운하게 한 것이 아닌지 마음이 내내 좋지 않았다.

아빠가 돌아가시고 사흘 후, 초등학교 5학년이던 나는 사촌 언니와 함께 아무렇지도 않은 듯 피아노를 쳤다. 미국에서 건너온 사촌 언니는 우리 아빠가 누군지 잘 알지 못했고, 알려고도 하지 않았으며, 오랜만의 한국행에 들떠 있었다. 아니면 나를 위로하고자 했던 것인지도 모른다. 그녀는 신나게 피아노를 쳤고, 나도 옆에 앉아 같이 피아노를 두드렸다. 엄마는 작은 목소리로 "상이 난 집에서 음악 소리가 나면 안 된다"며 볼륨을 줄이라고 했다. 아빠 소식을 듣고 엄마는 목을 놓고 울었다. 그런 엄마를 보면서 어린 나는 무너져선 안 되겠단 생각부터 했다. 시큰둥한 반응만이 자신을 지켜줄 수도 있으리라. 한번 터진 울음을 멈출 방도를 알지 못하기에 울지 않는 쪽을 택했다.

언제 어떻게 울어야 하는가는 언제 어떻게 웃어야 하는가보다 훨씬 어렵고, 더 큰 용기를 필요로 한다. 그것은 있는 그대로의 자신을 드러내는 것이다. 떡볶이와 소주가 어울리는 조합인지는 모르겠지만, 시큰둥한 표정으로 오늘을 살았을 이와 맵고 짜고 달콤한 떡볶이를 눈앞에 두고 소주를 들이켜고 싶다. 이제는 좀 울어도 좋다고 말해주고 싶다. 이제는 더 기뻐해도 된다고 마음을 놓으라고 해주고 싶다. 그런 말들이 결국 자신에게도 위로가 되어 돌아올 것이 분명하다. 안주로 알탕이나 마른 오징어도 좋겠지만, 알탕은 조금 부실하고 오징어는 너무 단조롭다. 안주가 떡볶이일 때만 터져나올 이야기들이 있게 마련이다.

짭조름한 떡볶이 앞에서 시큰둥한 인생에 두어 시간만이라도 안녕을 고하라. 볼륨을 높이고 말하고 웃고 울어라. 어차피 살아가게 될 것이라고 무작정 믿어보자. 대충 보내는 날도 있을 것이고, 최선을 다하는 날도 있으리니, 오늘은 작정을 하고 떡볶이를 먹자.

어느새 어른이 되었다

바쁘다. 말할 틈도 없이 바쁘다.

아이를 셋 키우며, 강의를 나가고 가끔 라디오에서 일본 뉴스를 전하고 의뢰가 있을 때는 글을 쓴다. 최근에는 육아 에세이를 쓰거나 서평을 쓰는 일이 늘었다.

어떤 일을 하는 어른이 되어 있을까에 관해선 여러모로 상상했지만 정규직 또는 비정규직에 관해, 화이트칼라와 블루칼라에 관해, 여성과 남성의 차이에 관해서는 무지했다.

어린 시절 종이 한 장을 여덟 쪽으로 잘라 피아니스트, 기자, 의사, 변호사, 승무원, 철학가 등을 적은 후, 고이 접어 천장으로 던졌다. 바닥에 떨어진 종이 하나를 집는다. 돌잡이처럼 그렇게 잡은 종이에 적혀 있는 직업을 평생의 업으로 삼아보자고 무모하게도 마음먹었다.

그 종이에는 다양한 직업이 적혀 있었다. 나는 그 모든 것이 되고 싶었지만 어느 하나에도 성실하게 도전하지 못했다. 부끄러웠다. 그렇다. 꿈을 꾸는 것이 부끄러웠고, 그 꿈을 이루지 못했을 때 감당해야 하는 몫이 부담스러워서, 진실되게 도전하지 못하는 시간들이 눈 깜박할 사이에 지나가버렸다.

그리하여 나는 어른이 되어 있었다.

내 스스로가 자각하기도 전에 어른의 시간들이 문 앞에서 차례를 기다리고 있었다. 스물이 가고 서른이 가고, 마흔이 넘어 아이 셋 딸린 어른이 되었다. 노래를 좋아했지만 오디션을 보러 가지도 않았고, 레슨도 받지 않았다. 아나운서를 꿈꿨지만 똑같이 레슨도 받지 않았고 취업 시험에도 응모하지 않았다. 복권을 사지 않으면 당첨될 재간이 없듯 아무것도 하지 않은 채, 젊은 나날들을 우울과 절망감으로 점철했다.

대학을 졸업하고 직장에 들어갔다. 글을 쓰는 일을

택했는데, 늘 부족하다는 자책감에 시달려야 했다. 지금도 마찬가지다. 돌아서고 나면 자신이 쓴 글을 읽을 수 없게 되었고, 부끄러워서 어찌할 바를 몰랐다. 그러다가 대학원에 진학해 사회학을 전공하며 석사를 마쳤다. 박사 과정에 진학했지만 어린이집에 아이를 넣지 못해, 결국 다시 시간 강사로 일하게 되었다. 지금도 내 방 한쪽에는 논문을 쓰기 위해 모아둔 자료들이 상자 속에 있다. 아주 오래된 귀중한 자료들이 고이 모셔져 있다는 사실에 처음엔 안도했지만 이제는 자신의 게으름에 한숨만 내쉰다.

가끔 자신에게 묻는다. 이것이 너의 최선이었냐고. 왜 더 젊었을 때 하고 싶은 노래에 도전하거나, 아나운서 시험을 보거나 그런 큰 꿈을 꾸지 않았느냐고 말이다. 다만, 나는 알고 있다. 이제 와서 후회를 하거나 반성을 하는 것이 아무 도움도 되지 않는다는 것을. 그래서 일상을 받아들이기로 한다. 내 시간이란 하루 10분도 없는 삶에서, 그럼에도 불구하고 웃으려고 한다.

아이가 있는 하루가 온종일 행복한 것은 아니지만, 함께 웃고 마음을 나눌 수 있는 순간들에 감사하기로 한다. 어느 길을 갔든 나는 똑같이 지금 이 지점에 와 있지는 않을까. 어떤 길을 가더라도 비슷하게 살고 있으리란 결론은 반갑기도 하고 애석하기도 하다. 삶의 굴레는 어디에든 있는 법이니, 어떤 길에 서 있든 가 보는 수밖에 없다.

여하튼 어른이 되었다. 몸이 무겁고 많이 걸으면 다리가 쑤시고 오래 앉아 있으면 허리도 아프다. 어릴 적 증조할머니가 허리가 아프다고 두드려달라고 하시면, 그 옆에 앉아 한 시간씩 허리를 두드려드렸다.

"어떻게 허리가 아플 수 있어요, 할머니?"

그러면 증조할머니는 피식 웃으며 곰방대에 담뱃불을 붙이셨다. 나는 이제 지나간 꿈들에 대한 아쉬움을 접을 수 있는 나이가 되었고, 더불어 통증을 알게 되었으며, 아이가 있는 삶의 즐거움과 고달픔도 안고 있다.

인생이 마냥 즐겁지만은 않다는 사실을 있는 그대로 받아들일 수 있는 나이가 되었고, 구름 낀 날들이 얼마나 오래 갈지는 모르겠지만, 계속 가다 보면 한 줄기 빛을 발견할 수 있으리란 희망을 놓지 않을 수 있는 강인함도 지니게 되었다.

어디 그뿐인가. 기름 떡볶이도 국물 떡볶이도 그럴싸하게 만들 수 있게 되었다. 게다가 요즘은 떡볶이 소스까지 시판하는 시절이다. 맛있는 떡볶이를 만들어 자신을 위로하거나, 우울한 누군가를 대접하는 최소한의 아량도 얻었다.

대범하게 도전하지 못한 것들은 오래 머릿속에 남아 자아를 뒤흔든다. 하지만 초조해할 것은 없다. 꼭 날아야만 할 필요는 없다. 세상에는 날개를 펼치고 걸어가는 인생도 있는 법이다. 딱 이만큼의 여유를 가지게 된 것, 그것이 나이가 든다는 증거가 아닐까.

새빨간 저항의 맛

아빠는 말했다.

"학교에 가봤자야."

아빠는 정말로 그렇게 말했다.

"선생님이 다 맞는 건 아니란다. 공부해봤자 누구나 세금 내는 사람이 될 뿐이야. 많이 내든 적게 내든."

아빠는 교복을 비롯한 모든 제복을 끔찍하게 생각했고 좌향좌도 우향우도 모두 전제주의의 일부라고 여기는 사람이었다. 다 똑같은 곳을 보고, 똑같은 일을 하는 것에 늘 주의하라고 말했다. 차렷, 경례! 아빠에게 그런 것은 어떤 체제에 복종하는 일이었고, 그런 복종을 일상화 삼는 학교는 경계의 대상이었다.

그런 부모의 DNA 탓인지 아니면 그런 환경에서 컸

기 때문인지, 초등학교에 들어가고 얼마 되지 않아 똑같은 나이의 아이들이 똑같은 시간에 학교에 가서, 자신의 재능이건 능력이건 흥미건 모든 게 무시된 상황에서 똑같은 것을 배우고 더 좋은 점수를 받기 위해 시간에 얽매여 살아야 한다는 것에 답답함을 느꼈다. 잘해야겠다는 생각과 더불어 잘 지켜봐야겠다는 생각이 들었다. 그럼에도 불구하고 소심하고 자존심 강한 성격 탓에 성적은 좋은 편이었다. 그래서 엄마는 성적에 관해서 단 한 번도 잔소리를 한 적이 없다.

크로아티아 출신으로 미국으로 건너가 뉴욕에서 신부로 일한 이반 일리치는 『학교 없는 사회』에서 학교가 인간에게 또 사회에 미치는 폐해를 주장했다. 그에게 학교는 배움의 장이 아니라, 인간을 학교화시키는 장으로, 수업을 공부라고, 학년 상승을 교육이라고, 졸업장을 능력의 증거라고 여기는 사람들을 탄생시키는 것을 목적으로 한다. 아빠가 일리치처럼 체계적으로 적나라하게 학교를 비판하고 비수를 꽂지는 못했지만, 아빠가 가진 사상이 일리치와 비슷했을 것이란 사실을 그 후로 스무 해는 지나서 이해하게 되었다. 여하튼 모든 학교의 바탕은 '규제'다.

어느 날인가 선생님은 하굣길에 군것질을 해서는 안 된다고 했다. 집에 가는 길에 분식집에 들러 떡볶이를 사 먹었다는 사실을 들키는 날엔 무시무시한 학생부에 끌려가 어떤 대우를 받을지 상상만 해도 끔찍했다. 그럼에도 불구하고 그런 선생님의 자질구레한 규제들을 쉽게 어길 수 있었던 까닭은 거기 그 어떤 납득할 만한 이유가 부가되어 있지 않았기 때문이다.

학교가 파한 후 군것질을 해서는 안 되는 이유가 무엇일까? 학생으로서 아름답지 않은 행위이기 때문에? 그렇다면 아름답다는 것, 학생답다는 것은 또 무얼까? 영문이 쓰인 티셔츠를 입지 말라니? 도대체 영문이 안 쓰인 티셔츠는 어디서 파는 걸까? 일제 문구도 안 되고 일본 노래도 듣지 말라니? 그럼 선물 받는 그런 물건들은 언제 삶에 도움을 줄 수 있을까?

학교가 파하면, 학교 앞 분식점에서 떡볶이를 시켰다. 누군가는 라면을 주문하기도 했지만, 학생들이 일단 셋 이상 모이면 누가 먼저, 또는 뭘 고민할 필요도 없이 떡볶이를 주문했다. 교사의 눈을 피해 떡볶이를 먹는다는 재미가 쏠쏠했다.

떡볶이가 뭐라고? 인간에겐 행복해질 권리가 있고 먹고 싶은 음식을 찾아내어 사 먹을 자유도 있다.

'학교화'된 인간이란, 알파벳이 적힌 티셔츠를 입지 않으며 머리를 질끈 동여 묶고, 학교가 파한 후 떡볶이와 같은 군것질 따위는 하지 않으며 주입식 교육에 무작정 수긍하는 자일 것이다. 진실을 파헤치기보다 교사의 말만 신뢰하고 따르는 자를, 학교는 희망한다. 사회는 희망한다. 나아가서 정부는 희망한다.

수많은 금지의 기호들 사이에서 아이들은 성장하고, 어른들은 살아간다. 영어가 적힌 티셔츠가, 일본에서 만든 문구류가, 흔하게 사 먹을 수 있는 떡볶이가 금지가 될 수 있는 작은 사회. 사소한 것들을 금지하거나 자제하도록 하는 것이 학교화, 나아가서는 사회화가 된다. 어느 만큼을 받아들이고, 어느 만큼을 거부해야 하는지를 파악하려면 학교에 가서 공부를 해야 한다는 모순도 발생한다.

인간은 자고로 체제에 저항을 하며 살아야 한다고 했던 아빠는 아빠의 권위를 이용해 숙제 금지령을 내리거나 수업에 빠지고 여행을 떠나는 선택을 강요하기도 했다. 결국 아빠도 아빠라는 이유로 자신의 생각을 자식들에게 강요했다는 점에서 학교와 별다를 것도 없다고 생각했지만, 그가 아빠로서 남겨주고자 했던 것이 무엇인지 나는 한때 금지의 아이콘이었던 떡볶이를 먹으며 곰곰이 생각하곤 한다.

체제에 굴복하지 말라는 아빠의 목소리는 60, 70년대 청년이었던 한 사람이 남기고자 했던 유산이었을 것이다.

떡볶이가 하늘이다

한때 한국 모 음악방송에 자막을 붙이는 일을 했는데, 그때 기억을 더듬으면 한국의 가사에는 유독 '하늘'이 자주 등장한다. 같은 하늘 아래 살고 있다고 생각하는 것만으로 좋다고 고백하는 노래가 있는가 하면(조하문의 〈같은 하늘 아래〉), 호수처럼 푸른 하늘이 내게로 온다며 자연 예찬을 하는 노래가 있으며(양희은의 〈하늘〉), 파란 하늘 끝까지 올라가보자며 연애에 푹 빠진 이의 들뜬 감성을 그려낸 노래도 있다(아이즈원 〈Up〉). 괜히 하늘을 보면 네가 생각이 난다는 노래가 있는가 하면(옥수사진관 〈하늘〉), 하늘에 다시 한 번 그대를 만나게 해달라고 소원을 비는 곡도 있다(김학래 〈하늘이여〉).

김지하 시인은 노동운동이 한창이던 시절에, 하늘을 밥에 비유하며 서로 나누어 먹어야 한다고 주장했다. 이 심플하면서 메시지성이 강한 시는 금세 사람들의 입에 오르내리게 되고 여전히 누군가의 입안에서 맴돌고 있을 것이다. 그의 노선 변화와는 별도로, 이 시를 떠올릴 때마다 당시의 시대상이 떠오르고 여전히 하늘이 공평하게 나눠지지 않은 것 같아 찝찝하다. 과연 하늘을 공평하게 나누어 먹을 수 있을까? 이제는 시대가 바뀌어 하나의 하늘을 가지고 투쟁하는 시대를 떠나, 서로가 각자의 하늘을 보유하고 그 하늘을 위해, 그 권리를 위해 싸우는 시기가 왔다.

밥은 사랑이고 하늘이다. 그래서 밥상 하나를 두고 부부싸움이 벌어지기도 한다. 아침밥은 아내의 몫일까? 남편의 몫일까? 그러다면 저녁밥은 또 어떤가? 매일 먹고 사는 일이 반복되는 동안, 그 식탁을 만드는 이가 누구인가는 인생의 화두가 아닐 수 없다.

"아침은 샌드위치로 할까?"

남편이 묻는다.

"핫케이크가 더 좋은데."

내가 답한다.

남편이 웃으면서 핫케이크를 만들면 다행이고, 이미 준비가 되었다며 샌드위치를 내놓으면 그 또한 반가운 일이다.

"야, 네가 직접 해 먹어!"

하며 팔목까지 걷었던 소매를 내리고 담배를 손가락에 끼고 부엌을 나서려고 한다면, 부부생활도 식탁도 파탄이 날 게 분명하다.

"저녁에 떡볶이 할래."

"나는 그거 매워서 별로인데."

"그럼 당신은 샤부샤부를 하든가."

부부가 함께 산다고 해서 매번 같은 음식을 먹으란 법도 없다. 부부생활도 결국은 각자 도생인 법이다. 그래서 우리는 떡볶이와 샤부샤부를 상에 올리기로 한다. 그는 아마 티브이를 보며 샤부샤부를 만들 것이고, 나는 어서 티브이를 끄고 휴대폰도 넣어두라고 재촉할 것이다.

같은 떡볶이를 먹으며 맛있다고 히히덕대는 관계는 아니지만, 서로의 취향을 존중하는 부부로 살아보기로 한다. 나의 하늘, 떡볶이는 가끔 그렇게 아무에게도 나눠주지 않거나, 못하는 음식이 되기도 한다. 아무렴 어떤가. 떡볶이는 맛있고, 샤부샤부는 떡볶이로 맵게 달궈진 입안에 휴식을 가져다준다. 서로의 하늘이 만나 상호작용을 하는 것이 부부관계가 아닐까. 서로가 서로의 하늘을 받아들일 수 있는 관계를 유지하고 싶다. 그리하여 우리는 따로따로인 식탁에서 서로의 취향을 존중하는 황홀한 날들을 보낼 것이다.

발레와 떡볶이

발레는 발로 추는 춤이 아니다. 발레리나를 꿈꾸는 이들은 바에 매달려 배에 힘을 주고 엉덩이를 꼭 붙인 후, 토우 슈즈를 신고 서기 위해 온 근육을 사용한다. 매일 복근을 강화하고 발등을 풀어준다. 360도로 벌어지는 다리를 가지기 위해 벽과 마주하고 앉아서 시간을 보낸다. 목소리를 팔아서 다리를 산 인어공주처럼 침묵 속에서 끊임없이 일어서기 위해 춤을 추기 위해, 헤아릴 수 없을 만큼 수많은 시간을 보내게 된다.

세상에는 노력 없이는 안 되는 일이 많은데, 재능도 타고나야 하지만, 꾸준히 해낼 수 있는 끈기 또한 중요하다.

초등학교 시절, 성적은 나쁘지 않았지만, 통지표 뒷

면 학교생활에 대해 담임은 '끈기가 없다'고 적고 있었다. 정말 끈기가 없었을까? 반문했다. 불쾌했다. 대체 나의 무엇을 안다고 그는 그렇게 적었을까?

나는 쉽게 포기했을 것이다. 선생님 앞에서. 그러나 선생님이 사라진 후 나는 다시 도전했을 것이다. 도전하는 모습을 보이고 싶지 않았던 것뿐인지도 모른다. 그 '끈기가 없다'는 한 줄을 오래도록 품고, 무언가를 포기하고 싶을 때마다 떠올리고 좀더 가보자고 결심했다. 나를 그렇게 만들기 위해 선견지명으로 써넣은 한 줄일까? 설마…….

발레리나를 꿈꾸는 아이들 중에 한국을 좋아하는 아이가 있는데, 떡볶이를 한번 먹어보고 싶다고 한다. 그 친구과 그 친구 엄마를 불러 김밥과 떡볶이로 한 상을 차렸다. 그 아이는 떡볶이를 한입 베어 물고 "맵다"며 웃었다. 앞머리를 바짝 올린 발레리나를 꿈꾸는 그 아이가 떡볶이를 베어 물고 웃는 그 장면이 괜히 마음에 들어 나도 웃었고, 우리 딸아이도 웃었고 그 아이 엄마도 웃었다. 딱 한입 베어 물고 더 이상 먹지 않았지만 그 아이는 좋아하는 한국 가수가 자주 먹을 게 분명하다며 만족스러워했다. 그러면 그만이다.

노래와 음식은 국경을 넘나들고, 아직까지는 효과가 좋은 뇌물이다. 아이 친구를 불러서 떡볶이를 먹이며 우정을 강요하는 나란 엄마는, 떡볶이를 대통령으로 모셔야 할까 싶다. 아니, 그저 한일 관계가 더 이상 악화되지 않기를 바라며 조금 더 현명한 이들이 지혜롭게 사회를 나라를 지구를 이끌기를 기원하고 싶다. 떡볶이를 먹으며, 이건 네가 잘못했네, 내가 잘못했네를 허심탄회하게 이야기하는 이웃나라의 정상들을 이제는 좀 보고 싶다.

안정감과 뛰어난 도약은 모두 제대로 키운 근육에서 나온다. 자잘한 근육을 매일처럼 다지면 언제나 무대 위에서 백조처럼 오를 것이다. 나는 이따금씩 떡볶이를 만들어 그런 그녀들을 감싸안을 것이다.

세상의 모든 것이 누군가 노력한 결과란 사실을 알게 되기까지 참 오랜 시간이 걸렸다. 이제는 엑스트라의 손짓 하나도 대충 볼 수가 없다. 노력하지 않거나, 노력한 티를 내지 않는 것이 훨씬 멋있다고 생각하던 시절도 있었다. 타고난 재능은 멋있어 보이지만 피나는 노력은 조금 답답하다고도 생각했다. 하지만 타고난 재능은 재능대로 피나는 노력은 노력대로, 너무나 훌륭해 보인다. 발레리나를 꿈꾸는 아이들의 매일매일의 도전을 보면서, 스스로를 돌아보게 된다.

아이들이 날아오를 무렵, 맛있는 떡볶이를 대령해 주고 싶다. 더불어, 그들을 위로할 또는 기쁘게 만들 글을 쓸 수 있는 날이 찾아오기를 바라며, 잔근육을 키워나가리라.

혼자면 어떠하리

대학 캠퍼스는 가나가와현 후지사와시라는 곳에 있었다. 도쿄에서 전철과 버스를 갈아타고 2시간쯤 걸린다. 도심에서의 근접성 문제로 인해 다른 캠퍼스에는 있는 점심시간이 없었다. 교내 식당은 있었지만 20여 분 사이에 식사를 하는 것은 불가능했고, 대부분은 샌드위치나 주먹밥처럼 한 손에 들고 먹을 수 있는 메뉴를 사와 강의를 들으며 먹었다. 나는 주로 3교시 수업을 공강으로 하고 혼자 식당에 가서 밥을 먹었다. 혹시 친구라도 만나면 같이 앉기도 했지만, 혼자 식사하는 즐거움을 그렇게 배웠다.

어느 누구의 눈치도 보지 않고 온전히 내 시간을 가진다는 것. 책을 꺼내놓고 읽거나 노트에 메모한 강의 내용을 체크하거나 창밖만 바라보고 있어도 되는 시간이다. 마침 식당 밖에는 작은 인공 연못이 있어서 계절이 왔다가 가는 풍경을 보고만 있어도 기분이 상쾌해졌다.

대학을 졸업하고 회사에 다닐 때는 도시락을 싸가지고 다녔다. 어쩌다 혼자만의 시간이 필요하다 싶을 때면 도시락을 안 싸왔다는 핑계로 혼자 밥을 먹으러 갔다. 12시보다 1시쯤이 좋다. 손님들이 적당히 빠져나간 식당에서 파스타 세트를 시켜서 커피까지 깔끔하게 마시고 돌아서거나, 일식 식당에 가서 돈가스를 먹기도 했고, 메밀국수나 김치찌개를 먹으러 가기도 했다. 혼자 밥을 먹는 일에는 금세 익숙해져서 외롭지도 않았고 어색하지도 않았다. 자신이 번 돈으로 좋아하는 음식을 주문하고 천천히 음미하는 일은 어느새 어른이 되었다는 증거 같았다. 오래 묵혀두었던 한국 소설을 꺼내 읽기도 하고, 좋아하는 음악을 듣고 무언가를 끄적여보기도 한다. 편지를 쓰거나 좋아하는 사람의 소셜 미디어를 보며 가슴 설렐 수도 있다. 손님이 조금쯤 빠진 후 방심한 점원들의 표정을 곁눈질하는 것도 흥미로운 일이었다.

고기를 한꺼번에 구워 나눠 먹는 게 한국 스타일이라면, 일본인들은 자기가 먹을 것을 한 점씩 직접 구워서 먹는다. 패스트푸드점의 감자튀김 역시 꺼내 놓고 다함께 먹는 것이 한국 스타일이라면 먹다가 남아도 같이 먹던 친구에게 좀처럼 먹겠냐고 권하지 않는 것이 일본 스타일이다. 도시락을 먹을 때도 내 반찬 하나 줄 테니, 네 반찬 하나 달라는 상황은 지금까지 한 번도 없었다.

어느 쪽이 더 좋고 더 나쁘고의 문제가 아니라, 그저 다를 뿐이다. 일본에선 같이 먹는다는 의미가 같은 식탁을 둘러싸고 먹는다는 의미일 뿐이다. "그냥 다 똑같은 걸로 통일해"와 같은 상황은 여간해선 일어나지 않는다. 동일한 음식을 서로 공유하는 문화가 아닌 탓에 혼자 밥을 먹는 일이 그나마 수월하다. 덕분에 '혼밥' 드라마도 종종 등장한다.

다 같이 먹는 식사는 흥겨움으로 가득하지만 때로는 듣고 싶은 않은 대화를 들어줘야 하고 맞장구를 쳐줘야 하는 번거로움이 있다. 혼자 하는 식사는 일일이 고개라도 끄덕여야 하는 번거로움을 줄일 수 있고, 상대방의 식사 예절 때문에 충격을 받을 일도 없다. 다만, 문득 이 지구상에 나만 혼자가 아닐까 싶은 생각이 갑작스럽게 몰려올 때도 있다. 그럴 때의 아찔함을 감당해야 한다. 그렇다고 혼밥을 두려워할 이유는 없다. 온전한 나와 마주하는 순간은 금세 희열이 될 게 분명하니까.

아이를 셋 키우면서 혼자 밥을 먹던 순간들이 얼마나 그리웠는지 모른다. 밥이 코로 들어가는지 입으로 들어가는지 모를, 먹는 행위가 아닌 음미하는 행위에 몰두할 수 있는 시간이 그리웠다.

혼자 먹던 떡볶이도 그립다. 분식점에 홀로 가서 떡볶이와 김밥을 시키고 휴대폰을 보며 시간을 보내보고 싶다. 가끔 혼자도 좋지만 늘상 혼자일 필요는 또 없다. 그때그때 다른 것이 인생 아닐까.

피곤함에 지쳐 손가락 하나 꼼짝이기 싫은 날에는 배달된 떡볶이를 잠옷 차림으로 우걱우걱 먹어대고 싶고, 중학교 시절 친구를 만나면 그 시절 다녔던 분식점을 찾아가 즉석 떡볶이를 시키고 떡볶이가 다 익을 때까지 여러 번 국자로 저으면서 "아직이야?"라고 물을 것이다. "야, 아직이야. 너는 아직도 그렇게 성격이 급하니?"라고 되물으면 나는 "뭐 그렇지, 그게 어디 가겠니?" 하며 웃을 것이다. 이 세상을 다 가진 사람처럼 말이다.

혼자라도 좋고 둘이어도 좋고 셋이어도 좋다. 따끈한 떡볶이 국물이 마냥 그립다.

음식이 영혼을 위로한다

서프라이즈 복 없는 인생을 살아왔다.

서프라이즈 복이 뭐냐고요? 깜짝 생일 파티 같은 걸 한 번도 안 당해봤다는 얘기입니다.

이십대 중반 퇴사를 하고 무작정 캐나다로 날아갔다. 대학교 부속 어학원에 다니면서, 널널한 하루하루를 보내고 있었다. 주말이면 누군가의 집에서 파티가 열렸다. 내 인생에서 아마 가장 많은 사람들을 사귄 시기가 아니었을까.

그 친구들 중 타이완에서 온 린은 살짝 눈치가 없기로 소문나 있었다. 아트 수업을 함께 듣던 린이 뜬금없이 나에게 물었다.

"너 내일 몇 시에 올 거야?"

"몇 시라니? 우리 무슨 약속했었어? 내가 너희 집에 가기로 했어?"

옆에 있던 중국에서 온 소냐가 린의 팔뚝을 슬쩍 치고 중국어로 속삭인다. 린의 표정이 굳는다. 나의 직감이 작동한다. 혹시 내 생일 파티? 서프라이즈?

"아무것도 아니야."

소냐가 끄덕인다. 간신히 입꼬리만 올린 웃음이 석연찮다.

"응, 그래."

아무렇지도 않은 척을 한다.

그렇게 린은 나의 서프라이즈 생일 파티를 미리 눈치채게 했고, 나는 그 생일 파티에서 애써 놀란 척을 해야 했다.

한번은 홈스테이 가족이 서프라이즈 생일 파티를 열어주었다. 그런데 파티 일정을 전해주는 역할을 맡은 일본인 남학생이 멕시코에서 온 귀여운 여인과 연애에 빠져, 자신의 임무를 완벽하게 잊고, 혼자만 달랑 파티에 나타난 적도 있었다. 내가 집에 도착했더니, 썰렁한 거실에 그 남학생 혼자 나의 서프라이즈 생일 파티를 위해 멍하니 앉아 있었다.

그날 나는 그 남학생과 호스트 패밀리와 넷이서 조용하게 식사를 했다. 호스트 파더가 만든 20명 분의 커리는 모두 남았고, 내 이름이 적힌 손수 만든 케이크도 절반 이상 냉장고에 자리를 틀고 말았다.

그렇게 두 번의 서프라이즈 생일 파티는 유명무실하게 막을 내렸다. 그 후론 아무도 서프라이즈 파티를 계획해준 이가 없었다. 누군가에게 부탁할 수도 없는 것이 서프라이즈 아닌가. 이렇게 평생 한 번도 서프라이즈 파티를 못하고 인생이 막을 내리면 사실 몹시 서운할 것 같다.

서프라이즈 생일 파티가 파토나자, 일본인 룸메이트 H는 나에게 불고기와 떡볶이를 만들어주었다.

"이럴 거면 내가 중간에서 전달했으면 좋았을 텐데."

"그럼 좋았을 텐데."

평생 단 한 번뿐이었을지도 모를 서프라이즈를 놓치니 허무하고 억울했다. 평생에 서너 번은 그런 서프라이즈를 누릴 호사를 운명으로 가지고 태어나는 이도 있겠지만 나는 아닌 쪽에 속한다는 걸 직감적으로 알고 있었다.

"음식이 영혼을 위로한다고 케이가 그랬어."

"뭘 위로해?"

"영혼."

"뭐라고?"

"영혼……."

나는 깔깔 웃은 후, 음식이 영혼을 위로한다는 그 말을 곱씹었다.

어떤 음식은 실제로 누군가를 위로한다. 입과 위를 위로하기도 하지만, 마음을, 영혼을 위로한다. 영양가보다 끈질긴 중독성으로 사람을 휘어잡는 떡볶이는 영혼을 위로해주는 음식들 중 최고봉에 속한다.

호스트 파더가 만들어준 은은한 생강 맛이 나는 케

이크도 룸메이트가 만들어준 불고기와 떡볶이도, 서프라이즈 파티 이상으로 나의 영혼을 위로해준 것들이다.

음식이 영혼을 위로한다고 나도 누군가에게 넌지시 건네줄 날이 올까. 그리하여, 너의 영혼을 위로하는 음식들과 친하게 지내라고 귀띔할 날이 올지도 모른다.

무작정 억울한 날에

면접관이 물었다.

"저희는 조금 걱정이 되네요. 경력도 있으신데, 3년에 한 번씩 회사를 옮기셨네요. 저희 회사도 마음에 안 들면 옮기실 건가요?"

사실 거기까지 생각해본 적은 없었다. 누가 면접을 가는 상황에서 그만둘 생각부터 할까? 면접을 보러 가는 회사가 나쁜 회사가 될 것이라는 상상을 하면서 면접까지 가는 사람은 없을 것이다.

"아이도 있으신데 잔업은 가능하세요? 매일은 아니지만 다들 잔업하는데, 아이가 있다고 먼저 가시면 분명히 불만을 가진 사람도 나올 거예요."

말문이 턱 막혔다. 언제부터 이렇게 잔업을 당당하게 요구하는 사회가 된 것인가? 누군가는 몸이 아파서 누군가는 간병 때문에 한 번쯤은 일찍 퇴근해야 하는 상황이 발생할 것이다. 아이 때문에를 빌미로 꼬투리를 잡으려는 사람은 아마 다른 일로도 쉽게 꼬투리 잡게 될 것이다. 아이가 매일 아픈 것도 아닌데, 일찍 퇴근할까 봐, 혹여 갑작스럽게 생긴 잔업에 투여되지 못할까 봐 걱정만 하는 면접관들을 눈앞에 두니 마음이 무겁다. 만일 내가 아픈 아이를 키우고 있다고 치자. 그렇다면 영영 회사에는 취업할 수 없다는 것일까? 그렇게 이 사회는 아이를 키우는 여자를 당연하다는 듯 집 안에 가둬두려는 것일까? 그 회사에서 일하는 사람들도 분명히 아이를 키울 것이다. 아이를 낳은 사람은 나뿐만이 아닐 것이다. 그럼에도 불구하고 아이가 있으니 잔업이 불가능할 것 같다며 채용이 어렵다는 말을 전해들은 것이 벌써 두 번째다.

이런 일도 있었다.

그 면접관은 내게 남편이 번듯한 회사에 다니는데 취미로 일할 생각이냐며, 대학원에서 연구나 하라고 충고했다. 남편이 번듯한 회사에 다니는 아내는 직장을 얻을 수 없다는 것인가? 경제적 자립을 보장받을 수 없다는 것일까? 왜 아내는 남편에 종속된 인간으로 치부되는 것일까? 취미로 일을 하면 안 되는 것일까? 그런 법률이라도 있나?

남녀고용기회균등법은 1985년에 제정되었지만, 여전히 면접을 볼 때마다 아이는 누가 보느냐는 질문을 듣고 있다. 아이가 있는 남자들은 그런 질문을 받지 않을 것이다. 이 사회에서는 아이를 돌보는 역할의 주체는 여성으로 분류되고, 남성은 돕거나 또는 돕지 않아도 경제적 활동을 하면 그만이라는 가치관이 널리 퍼져 있기 때문이다.

가끔 여러 가지 생각이 머릿속을 맴돈다. 혹여 남편이 일자리를 잃게 된다면, 만일에 이혼을 겪게 된다면, 제대로 된 직장도 없는 나는 어디에 의지해 살 수 있을까? 과연 먹고 살 수는 있을까? 아이를 키울 수 있을까? 서비스 직종은 일손이 부족하다는데 채용해 줄까? 최저시급으로 일해서 아이들을 제대로 키울 수는 있을까? 그러려면 얼마나 열심히 정신 무장을 하고 또 얼마나 열심히 아이들에게 당당하라고 조언하는 엄마가 되어야 할까? 남편이 있는 여자는 남편이 있어서 고용을 하지 않고, 아이가 있는 여자는 아이가 있어서 고용하지 않으며, 남편이 없는데 아이가 있는 여자는 더욱 깔봐도 되는 존재마냥 치부당한다. 이런 상황을 무사히, 그리고 현명하게 빠져나올 수 있는 방법은 있을까?

나는 면접관에게 떡볶이라도 먹자고 제안하고 싶다. 남편에게 번듯한 직장이 있어도 아내가 일해야 되는 이유에 대해 토로하고 싶다. 아이가 있는 까닭에 잔업에 자주 동원될 수 없는 일이 도대체 왜 그토록 비난의 대상이 되어야 하는지 이야기를 들어보고 싶다. 그 어떤 비약이 여성을 이토록 약자로 몰아넣고 있는지에 대해 탐구하고 싶다.

결국 나는 프리랜서로 살고 있다. 가끔 글을 쓰고 가끔 라디오에 나와서 최저임금을 간신히 번다.

사실 하루에도 열두 번은 이게 아니다 싶고, 하루에도 열세 번은 왜 결혼을 택해 아이를 낳았나 싶고, 하루에도 열네 번은 입맛을 다시거나 한숨을 쉰다. 면접에서 "아이가 있는데 어떻게 잔업을 할 수 있느냐?"는 내 전문 분야와는 전혀 관계없는 질문을 받은 날은 황당하고 억울했다. 내가 일을 했던 날들, 엄마로서 아이를 키운 날들, 아내로서 집안일을 도맡아온 날들, 면접관은 그 어느 하나도 제대로 평가해주지 않았다. 그들에게 나는 그저 경력이 단절된 여성에 불과했다. '억울하다'는 단어는 이럴 때 가장 어울리는 단어 같다. 성실히 산다는 것은 무엇이고, 그 성실함을 보상해줄 무언가는 과연 있을까? 아무런 보상이 없다라도 좋다. 그저 이렇게 답답한 상황이 수시로 생기지 않기를 바라본다.

하지만 하루에도 열두 번 희망을 생각한다. 하루에도 열세 번은 웃는다. 하루에도 열네 번은 썼다가 지운다. 그렇게 가다 보면 단어가 문장이 되고 단락이 되고 글이란 것이 된다. 내가 쓴 글을 읽는 일은, 지우고 다시 썼을 때에만 반가울 뿐이다. 남겨진 기록이란 언제 어디서 펼쳐봐도 부끄럽다. 그 부끄러움을 하루에도 스물네 번쯤 느끼며 무언가를 끄적인다. 떡볶이를 베어 물면 좋을 것 같다. 그 매콤함이 아마 부끄러움을 조금쯤 잊게 할 것이다. 그 달콤함이 아마 그 억울함을 조금쯤 덜어줄 것이다.

시간은 가고 인간은 성장한다. 사회 또한 성장한다. 남녀고용기회균등법이 제정되고 30년이 지나도 결혼한 여성에 대한 고용 기회 균등은 지켜지지 않고 있지만, 다행히도 미혼인 여성에게는 그나마 고용 기회가 균등하다고들 한다. 완벽하지는 않겠지만. 언젠가 사회가 더 성장하고 시민의식이 더 성장해서 면접관들이 그렇게 쉽게 여성을 결혼이나 아이의 유무로 재단하지 않는 날이 오기를 기대해본다. 하루에도 수십 번씩 말이다.

마녀의 요리들

얼마 전 티브이에서 미야자키 하야오 감독의 〈천공의 성 라퓨타〉를 방영했다. 해적의 우두머리는 '도라'라는 이름의 할머니다. 매부리코에 듬직한 체격, 씩씩한 말투와 커다란 입, 양쪽으로 땋은 머리가 특징이다. 지브리의 다른 할머니들처럼 난폭한 한편, 관대함을 가지고 있으며 인간으로서의 최소한의 도리를 알고 행하는 인물이다.

소년 '파즈'가 도라를 "아줌마!"라고 부르자, "나는 아줌마가 아니라 선장이야. 앞으로 선장이라고 부르렴" 하고 정정한다. 그녀가 해적으로서, 해적선을 몬다는 자신의 직업에 대단한 자부심을 가지고 있다는 사실을 알 수 있다. 심술쟁이에 불과해 보였던 도라 할머니가 실은 자신의 직업을 가진 전문가가 되는 순간이다. 지금까지 그녀의 외모만 보고 그 역할까지 할머니로 알던 관객들에게도 날카로운 한 방을 먹인다.

그러고 보면 스튜디오 지브리의 작품에는 다양한 할머니들이 등장한다. 〈센과 치히로의 행방불명〉에 나오는 귀신들의 목욕탕 주인인 마법사 할머니는 매부리코에 2등신이다. 세속적이며 돈만 밝히고, 어린 치히로의 노동력을 강탈하며 그 이름마저 빼앗으려 든다. 지브리적 감수성이 아니라면 최악의 어르신이 아닐 수 없다. 그러나 그녀는 자신의 세계를 지켜야 할 의무가 있으며, 더불어 마법계의 규칙에 충실하다. 그래서 순순히 치히로에게 내기 게임을 허락한다. 작고 뚱뚱하고 위악적이며, 어딘가 허술하면서 때로는 상상할 수 없을 아량을 보여주는 고령 여성들은 그의 작품에 꾸준히 등장하는 존재다. 그녀들은 성녀도 어머니도 아니어서인지 자주 놓치게 되는 대상이다.

이전엔 주인공인 아이들만 보였는데 요즘은 자꾸 할머니들이 보인다. 미야자키 하야오는 나이 든 여성들을 개성이 강한 캐릭터로 표현한다. 때로는 어리석은 결정을 하기도 하고 마법으로 누군가를 배척하려고도 하지만, 결과적으론 항상 지혜롭다.

〈하울의 움직이는 성〉에서는 아예 소녀를 할머니로 만들어버린다. 할머니가 된 소녀는 몸이 마음처럼 빠릿빠릿하게 움직이지 않는 데다 백발에 주름이 지고 어깨가 굽은 자신을 좀처럼 받아들이지 못한다. 그러나 자신의 처지를 조금씩 인정하면서 할머니라는 존재가 얼마나 슬기로운지 알아가게 된다.

〈은하철도 999〉의 메텔처럼 늘씬하고 친절한 여성, 〈캔디 캔디〉처럼 밝고 상냥하며, 〈소공녀 세라〉처럼 슬퍼도 꾹 참는 소녀들의 이야기에 워낙 익숙해 있던 탓인지 마치 빨간 머리 앤이 자라서 되었을 게 분명한, 강하고 고집스러운 할머니들의 이야기가 거기 숨은 그림처럼 있었다는 사실을 인지하지 못했다. 우연한 기회에 그녀들을 발견했을 때 희열을 느꼈다. “나는 아줌마가 아니라, 선장이야!”라고 외치는 기개 있는 여성들의 이야기가 더 가깝게 다가왔다.

미야자키 하야오가 한국을 배경으로 한 영화를 만든다면 나이 든 여성이 직경 100센티미터가 넘는 거대한 프라이팬에 기름을 듬뿍 붓고 떡을 볶다가 물을 붓고 야채를 있는 대로 집어넣고 떡볶이를 만드는 장면을 하나쯤 제작했을 법도 하다. 떡볶이를 100번은 더 만들어본 그 여성은 자신만의 비밀 가루를 톡톡 뿌릴 것이다. 어떤 마법의 가루인지 미야자키 하야오는 가르쳐주지 않을 것이며, 그래서 그 떡볶이는 더 환상적으로 그려질 것 같다. 떡볶이 냄새를 맡고 어린아이부터 해적들까지 몰려들어 군침을 흘리다가 누군가 떡 하나 건지려고 맨손으로 프라이팬에 손을 댔다가 핀잔을 듣거나 국자로 얻어맞을지도 모른다.

어릴 적 도라는 그저 대범하고 못생긴 해적인 줄만 알았고, 유바바 역시 매부리코의 마귀할멈 정도로밖에 생각하지 않았다. 나이가 좀더 들고 보니, 그런 여성들의 직업도 성격도 조금 더 자세히 보이기 시작했다. 사실 지브리 영화에 나오는 젊은 여성들—이를테면 목욕탕을 청소하며 센을 돕는 린, 철을 만드는 에

보시 등—도 연약함은 찾아볼 수 없고, 처음부터 끝까지 강인하다. 수많은 만화 속 여인들은 기본적으로 연약하고 얌전하고 날씬하고 아름답다. 그런 등장인물들에 익숙하게 살아오다가 지브리의 성인 여성들을 만나면 처음엔 눈길도 주지 않다가, 두 번째엔 반가움을 느끼게 된다.

평범한 여성들, 눈물을 참고 웃음 짓지만 때로는 토로하고 울고 화를 내고 억지를 부리고 질투하고 자신의 일에 자부심을 가진 그런 사람들을 발견하고, 응원하고 싶다.

혼자 지브리의 영화를 틀어놓고 떡볶이를 먹으며 감상하고 싶다.

대체 떡볶이란 뭘까? 모든 장면에 가장 잘 어울리는 음식이다. 차마 버릴 수 없는 꿈을 이야기할 때, 서로가 서로를 감싸안을 때, 말없이 눈짓으로 상대를 이해한다고 말할 때, 가장 잘 어울리는 음식이다. 물론 엄마나 할머니가 떠오를 때도 말이다.

사랑이 끝나고 남는 것

참 좋은 세상이다.

아침이면 나보다 먼저 일어난 인공지능이 내 취향에 맞는 음악을 틀어놓고 나를 기다린다. 음악은 새로운 세상으로의 초대다. 또 다른 세상으로 통하는 문이다. 가볍게 터치만 하면 전 세계의 음악들이 터져나온다. 과거에서 비롯해 미래로 이어지는 빽빽한 울림의 연속이다. 어제는 노라 존스와 존 덴버를 추천한 인공지능이 오늘은 안토니오 카를로스 조빔의 브라질 음악을 어서 누르라고 재촉한다. 기타 소리와 낮고 풍부한 성량을 자랑하는 존 고르카처럼 내가 모르던 음악들을 추천하기도 한다.

물론 인공지능이 선정해준 음악이 내 입맛에 맞으리란 보장은 없고, 나의 취향과 동떨어진 음악들이 줄

세워진 날도 있는데, 그럼에도 불구하고 아주 조금 딴 세상을 맛볼 수 있는 재미를 남겨준다.

여름이 엘비스 프레슬리와 일렉트릭 라이트 오케스트라의 옛 노래들이 어울리는 계절이라면 가을은 문득 비틀즈가 궁금해지는 계절이다. 비틀즈의 노래가 뇌리를 스치면 올해도 가을이 왔음을 홀로 실감한다. 〈I Will〉처럼 사랑스러운 노래를 들으며 단풍이 물든 거리를 걷거나, 약속도 없이 나왔는데 벤치에 앉아 오지도 않을 약속 상대를 기다려보고 싶어진다. 모든 계절이 제각기의 멋을 가지고 있지만 가을은 마음을 한없이 가라앉게 하고, 누군가를 한없이 그리게 하며, 기다림의 매력에 푹 빠져보고 싶은 계절이다.

어느 가을 아침, 인공지능은 느닷없이 별이라도 보러 가지 않겠느냐는 로맨틱한 한국 노래를 내 앞에 펼쳐놓았다. 그러고는 저만치로 던져진 부메랑을 입에 물고 돌아와 한껏 칭찬해달라고 기다리는 강아지마냥 내 앞을 알짱거린다. 강아지를 달래듯 부드럽게 터치한다.

'어디야, 지금 뭐 해?'

그는 그렇게 노래했다. 지나치게 심각하지도 않고 못 들은 척 지나칠 만큼 가벼운 어투도 아니다. 이어질 뒷말이 궁금하다. 지금 당장 만나자는 걸까? 바로 찾아온다고 말할까?

"지금 시간 있니?" 하고 묻는 것보다 적극적이고 로맨틱하다. 어디에 있든 무엇을 하고 있든 잠깐 찾아가 보고 싶다는 의지를 은근슬쩍 드러낸 화법이다. 지금 어디에서 뭘 하는지 알면, 바로 찾아가겠다는 열정이 묻어 나온다.

지금 뭐 하냐고 물은 그는 바로 별을 보러 가지 않겠느냐고 한 번 더 질문한다. 그것도 '우리'라는 단어 대신 '나랑'이란 단어를 선택한다. 우리라는 표현을 써서 은연중에 강요나 압박을 하지 않는 점에서 일단 고득점을 선사하고 싶다.

멋진 별자리 이름은 모르지만 같이 가주었으면 한

다는 이 노래를 올가을에는 내내 반복해서 들을 것 같다. 나도 그런 부름을 받고 싶기 때문이다. 지극히 당연하게도.

모든 일에는 끝이 있는데, 사랑 역시 그렇다.

첫사랑은 이제 그 이름도 곰곰이 생각하지 않으면 떠오르지 않을 만큼 흐려졌고, 고교 시절의 그 친구는 얼굴도 희미하다. 그럼에도 불구하고 노래들은 남아, 여전히 머릿속 어딘가를 헤맨다. 여름이 되면 무한궤도의 〈여름 이야기〉나 동물원의 〈변해가네〉, 오장박의 〈내일이 찾아오면〉과 같은 노래들이 머릿속을 맴돈다. 눈이 오는 겨울엔 오자키 유타카의 〈아이 러브 유〉가, 일본 생활에 지쳤을 땐 '태어난 곳이나 피부색, 눈동자 색으로 도대체 나의 무엇을 알 수 있느냐?'고 반문한 블루 하츠의 곡 〈파란 하늘〉이 머릿속을 떠나지 않는다.

어디에서 어떤 데이트를 했는지 사랑했던 기억들은 점점 희미해져 가는데, 노래 가사들은 머리에 콕

박혀 잊히질 않는다. 기억들은 왜곡되어 추억으로 남지만, 음악은 한 치의 오차도 없이 과거에도 현재에도 똑같이 남아 마음을 흔들어댄다.

음악은 삶의 일부를 때로는 더 풍요롭게 때로는 더 아프게 기억하게 한다. 추억이고, 냄새이고, 그리움이고, 사랑이다.

이젠 누구를 만나도 설레지 않는데, 별 보러 가자는 노래를 들으니 사춘기 시절처럼 가슴이 설렌다. 누군가 약속을 한 것도 아니고, 이젠 나에게 전화를 걸어 "어디야? 지금 뭐 해?"라고 물어줄 친구도 없는데, 그럼에도 불구하고, 조금 삶이 윤택해진 느낌이다.

전화를 할 곳도 라인이며 카톡을 보낼 곳도 없는데, "어디야, 지금 뭐 해? 나랑 떡볶이라도 먹으러 가지 않을래?" 하고 가볍게 불러내보고 싶다. 찬바람이 불어오면, 떡볶이를 나눌 친구가 마냥 그립다.

부디 실망하소서

"네가 잘못했어"라는 말보다 "너에게 실망했어"란 말은 얼마나 상대의 가슴을 아프게 하는가. 너에게 실망했다는 말의 전제는 '너에게 큰 기대를 걸고 있었다'일 텐데, 기대를 하고 있다거나 믿고 있다는 말을 한 번도 꺼낸 적이 없는 이가 무작정 실망했다는 자신의 감상을 들이댈 때는 서글픔과 더불어 황당함을 느끼게 된다.

큰이모는 젊은 시절 일본에 와 혼자 오래도록 일본에 살았다. 큰이모가 돌아가시고 나는 동생과 둘이 장례를 치렀다. 한국에 사는 이모들은 한 명도 참석하지 않았다. 장례가 끝난 후 조의금이나 수고비조차 받지 못했다. 그런 것을 바란 것은 아니었지만 그래도 섭섭하긴 매한가지였다.

막내가 아직 9개월이던 무렵으로 더운 날, 막내를 안고 사방팔방으로 뛰며 장례를 치렀는데, 이모들은 내가 아이를 낳은 것을 몰랐다고 했다. 그럴 수도 있다. 자주 연락하는 사이는 아니었다. 그러나 와달라고 사정한 것은 사실이다.

나는 혼자 치를 엄두가 나지 않았다. 그렇다고 행려병자로 보낼 수도 없는 노릇이었다. 결국 이모들 중 단 한 명도 나타나지 않았다. 왜 오시지 않았느냐고 추궁하자 그때 일은 하나도 모른다고 발뺌했을 때, 나는 갑작스럽게 얻어맞은 것처럼 온몸이 아팠다. 큰이모가 남기고 가신 유산의 조금을 바랐을 때 이모는 나에게 실망했다는 카톡을 보내왔다. 오랜만에 들은 실망했다는 말은 그 어떤 말보다 날카로운 비수가 되어 나를 괴롭혔다. 나는 나를 돌아보는 수밖에 없었다. 형제도 아니고 조카인 내가 장례를 치르고 들어야 할 말이 과연 실망했다는 한마디였을까.

돌이켜보면 나도 한 번쯤은 실망했다고 말하고 싶

었다. 아빠가 바람을 피웠을 때, 이모네 집에 얹혀사는 동안 주말이 되면 혼자 다용도실에서 탕수육을 튀기던 중학생 시절에, 옷차림이며 말투를 강요하는 엄마의 억압적인 태도에 몸부림치던 때, 내가 아무리 공부를 잘해도 한부모 가정이라며 깔보던 고등학교 교사 앞에서, 나는 감히 실망했다는 단어를 상상도 하지 못했다. 그런 단어는 나와 관련된 개인이 아니라 정치가나 공무원들에게만 던져지는 단어라고 생각했기 때문이다. 막연한 기대감은 그런 사람들에게 의무적으로 주어진 것이라고 여겼던 탓이다.

실망했다는 사람 앞에서 이젠 주눅 들지 않을 생각이다. 실망했다고 뱉기보다 기대하고 있다고 잘될 것이라고 말해주는 사람이 되고 싶다. 실망했다는 말은 기대감과 신뢰감 이후에 오는 것이다. 기대한다는 말과 믿는다는 말이 오가지 않은 사이에서 실망감만 먼저 피력하는 것은, 상대에 대한 노골적인 하대가 아닐까. 자신의 기대감을 최상에 두고 상대를 평가했을 때 나오는 실망했다는 소리에 더 이상 연연하지 않기로 했다. 부디 실망하소서, 그렇게 전해줄 생각이다.

결국 어떤 관계에서든 기대와 희망과 실망이 교차한다. 다가온 사람은 멀어지게 마련이다. 단, 멀어진 사람이 다시 다가오리란 보장은 없다. 관계는 미묘하고, 탈은 금세 나는 법이다.

버르장머리가 없다거나 당돌하다거나 실망했다는 말이 오갈 때, 굳이 그런 어른들의 화법에 휘둘릴 필요가 없음을 이제는 잘 알고 있다. 그만큼 내 자신이 조금 단단해졌다는 의미가 아닐까. 안타깝게도 또는 다행이게도 잔혹한 말과 거친 일상에 나의 갑옷은 한 겹 한 겹 두께를 더해간다. 게의 얄팍한 껍질이 단단해지듯 마음의 껍질도 단단해진다.

부디 실망하소서.

그나마 어른이 나에게 실망감을 느꼈다면 다행이다. 문제는 아이가 어른에게 실망감을 느꼈을 때다. 엄마인 나에게 또는 이웃 아줌마인 나에게, 그저 어른으로서의 나의 언행 때문에 아이가 실망감을 느꼈다면 절실히 반성해야 할 것이다. 그렇다고 실망시키지 않겠다고 굳게 손가락을 걸 자신도 없다. 다만, 너에게 실망했다고 아이에게 너무 큰 죄책감을 지워주지 않을 생각이다. 하지만 언젠가 아이에게 그런 충격요법을 써야 할 때가 오면 어쩌지. 딱딱하게 굳어 씹히지 않는 떡볶이를 애써 삼킨 후 체했을 때 같다. 아니, 절대로 그런 말로 아이를 괴롭히지 않겠다고 오늘 약속한다.

아이와 내가 서로의 입장 차이를 겪게 되는 날, 엄마랑 떡볶이라도 먹자고 해야겠다. 떡볶이가 만병통치약은 아니지만, 어디든 잘 어울리는 음식인 것만은 틀림없다. 매콤한 떡볶이 냄새를 맡으며, 서로의 안타까움 때문에 살포시 미소 짓다가 같이 엉엉 울어버리자고 다짐해본다.

혀에도 근육이 있듯이

"설근이라고 해요."

언어치료사는 그렇게 말했다. 그녀에 따르면 보통 사람들은 혀에 근육이 있다는 사실을 알지 못한다. 그래서 혀를 단련해야 한다는 참신한 생각에도 미치지 못한다.

여하튼 혀에는 근육이 있고, 설근이라고 부른다. 그 설근은 다른 근육들과 마찬가지로 훈련을 통해 더 강하게 완성시킬 수 있다.

"혀는 보통 환자분들이 생각하시는 것보다 앞으로 나와 있어요. 혀가 앞으로 나와 있으면 숨을 많이 들이쉴 수도 없고 목에 주름이 생기기 쉬워요. 나이가 들면 음식을 삼키기도 어려워지는데 그것도 설근의 힘이 달리기 때문이라고요."

쉰이 넘었다는 그녀는 자신의 목에 힘을 단단히 주고는, "제 목을 보세요. 이 나이에 이 몸매치곤 목에 주름이 없는 편이죠." 확실한 증거를 제공한다.

치아 교정을 시작하기까지 무려 10년을 고민했다. 그리고 그 10년간 치아 교정비는 세 배나 올라 있었다. 대학 시절 나는 치아 교정비를 듣고 깜짝 놀라서 뒷걸음질쳤다. 그러나 튀어나온 앞니는 그 후로도 고민스러웠다. 그래, 탈코르셋의 세상에서 앞니가 나온 것쯤이야로 넘길 수도 있지만, 나는 라디오 방송 등에 출연하는 까닭에 발음 문제도 걱정이 되었고, 일할 때도 치아가 반듯하면 왠지 더 자신감이 생길 것 같았다. 브래지어를 포기하고 화장을 안 하더라도 치아 교정은 좀 하고 싶었다. 이십대에 교정하지 않은 자신을 탓해도 소용이 없었다. 치아 교정과 동시에 교정기를 끼고 있을 때 발음을 정확하게 하기 위한 언어치료사의 조언도 받게 되었다.

설근을 확실하게 키울 것. 이두박근, 삼두박근, 복근처럼 보이지도 않는 설근을 어떻게 키우라는 것일까? 그녀가 가르치는 대로 따라 하며 설근 단련을 시작했다.

사실 근육은 우리가 모르는 모든 곳에 있다.

믿거나 말거나 마음에도 근육이 있을 것이다. 그 근육은 어떻게 키울 수 있을까? 희로애락을 반복하면서 수축하고 이완하고 반복하겠지. 마음의 근육을 단단하게 해주는 요소로 연애와 죽음을 빼놓을 수 없다. 달걀만 하던 마음이 타조알의 크기로 성장한다. 중요한 것은 어쨌든 알이라는 것이다. 크기가 달라져도 깨질 위험성은 안고 있다.

그러나, 사랑의 성취와는 무관하게 누군가를 마음에 두고 의지하고 또 의지받는 상황은 괜시리 마음을 든든하게 만든다.

만날 날을 손꼽아 기다리고 전화가 오기만을 기다리고 카톡을 기다린다. 언제 상대방 소셜 미디어가 업데이트될지에도 지나친 관심을 가지게 된다. 별 의미도 없는 물음에 의미를 부여한다.

만남과 헤어짐에 지속적인 의미를 부여하다 보면

그만큼 삶의 요령도 생길 것이다. 그렇다고 그 요령이 우리를 연애의 달인으로 만들어주지는 않는다. 단지 마음과 세계를 조금 넓어지게 해주고, 때론 포기를 해도 괜찮다고 스스로를 위로할 수 있게 만든다.

살면서 겪는 죽음들 또한 우리에게 무언가를 남긴다. 누군가의 죽음이 마음의 근육을 위한 자양분으로 소비될 수는 없다. 다만, 살아가는 모든 이들은 수많은 이들과 이별을 하게 되고 언젠가는 자신도 세상과 이별할 것이라는 가장 기본적인 진리를 온몸으로 겪게 될 것이다.

처음에는 믿을 수 없고, 다음 날에는 두통이 찾아오고, 상실감에 몸부림치고, 가슴에 뚫린 구멍을 채우지 못해 방황한다. 3년쯤 지나면 조금 잊게 된다. 아니, 익숙해진다. 그 누군가가 이 세상에 없다는 사실에, 그럼에도 불구하고 어제도 삼시 세 끼를 먹고 살았다는 사실에 가슴 한켠이 아린다.

'단샤리(불필요한 것을 끊고, 버리고, 집착에서 벗어나는 것을 지향하는 정리법)'는 2011년 동일본 대지진 이후 일본에서 큰 붐이 되고 있다. 방에 물건이 많으면 지진이 날 때 언제 어떤 식으로든 그 물건들에 깔리게 마련이다. 책상 밑으로 들어가 구부리고 앉아 떨어지는 물건들을 보고 있으면 그 물건들이 나에게 무슨 의미가 있었을까 하는 회의가 들기 시작한다. 단샤리 붐은 그렇게 찾아왔다. 동일본 대지진의 후유증처럼, 모든 물건을 내다 버리거나, 더 이상 사 모으지 않겠다고 선언하는 이들이 줄을 서기 시작했다. 뿐만 아니라 베이비붐 세대의 자녀들, 즉 현재 40~50대들은 부모의 사후에, 물건 정리를 겪으며 더욱 소유욕에서 멀어지고 있는 실정이다. 고도 경제 성장기, 갑작스러운 풍요를 겪었던 베이비붐 세대는 물건을 사다가 쌓아놓고 사는 일명 '쟁이기 세대'였다. 화장실 휴지도 샴푸며 비누도 쟁여야만 속이 시원한 사람들. 그나마 생필품은 사후에도 남겨진 이들의 일상에 도움이 되지만, 옷장에 가득한 유행이 지난 전통 기모노는 아무짝에도 쓸모없는 것으로 변해버렸다. 어떤 이들은 아예 부모가 돌아가신 후 업자를 불러 청소를 의뢰하기도 한다. 시간을 절약하고 세상을 뜬 부모에 대한 그리움도 덜고 싶기 때문이다.

여하튼 모든 죽음은 흔적을 남긴다. 아니, 모든 삶은 흔적을 남긴다. 그 흔적들이 남겨진 이들의 가슴에 또 하나의 단단한 껍질이 된다. 마음을 완전 무장시킬 수는 없지만, 하루하루를 겪으며 아주 조금씩 얄팍한 껍질을 입혀나가면, 때로는 어떤 벽 앞에서 자신에게 "괜찮다"고 말할 수 있게 될 것이다. 조금 더 나아가보라고 때로는 자신을 응원할 수도 있을 것이고, 이제는 멈추라고 자신을 붙들 수도 있을 것이다. 어느 선택을 하든, 그저 다행이라고 말할 수 있는 날이 올 것이다.

언어치료사는 최소한 30번은 꼭꼭 씹을 것, 음식을 먹는 순간 이외에는 혀를 입천장에 붙여서 설근을 키우고 숨을 확보할 것, 끝으로 하루 두 번 설근 단련을 할 것을 조언했다. 처음 몇 번은 설근 체조를 빠뜨리지 않고 했는데, 눈으로 확인되지 않는 설근이 좋아지고 있는지 자신이 없다.

오징어처럼 단단한 음식보다는 떡처럼 쫄깃한 음식이 씹는 데 도움이 된다기에 떡볶이도 빠뜨리지 않고 먹기로 마음먹었다. 물론 매일은 아니었다. 설근은 물론이지만 복근도 키워야 하지 않은가. 그마나 떡볶이를 씹기 운동을 위해 먹을 수 있다니 얼마나 다행인가.

하지만 안타깝게도 그 후 몇 주간은 떡볶이를 아예 먹지 못했다. 교정을 시작한 치아는 요리조리 도망치며 자리를 잡으려 애썼고, 그사이 입안의 통증은 쉴 새 없이 찾아왔으며, 치아 뒤쪽에 촘촘하게 연결된 와이어의 당김에 익숙해지는 데도 시간이 걸렸다.

설근도 복근도 마음의 근육도 틈만 나면 단련시켜 주어야 한다. 내일도 맛있는 떡볶이를 먹으려면 말이다.

마감을 지켜라

마감은 시도 때도 없이 찾아온다.

아니, 사실 마감은 정해져 있다. 라디오와 같은 방송들은 마감을 꼭 지켜야만 살아남을 수 있다. 내 분량의 원고를 꼬박꼬박 써서 넘긴다. 잡지나 신문의 게재도 마찬가지다.

문제는 그다음이다. 이를테면 일본에서 취재한 분량을 한국어로 기사화한 후, 이제 그 한국어 문장을 일본어로 번역해, 취재에 응해준 분들에게 보내야 한다. 한국어 기사를 일본어로 바꾸는 일은 번거로운 일이다. 취재에 응해준 사람들의 정확한 답변을 다시 한번 녹음기를 켜고 들으며, 깔끔하게 적용시켜 나간다. 일본어에서 한번 한국어가 되었다가 다시 일본어가 되면 오류를 일으킬 수 있기 때문에, 녹음기 체크는 빠뜨릴 수 없는 일이다. 그런데 마감이 끝난 기사를 다시 일본어로 바꾸는 번거로움 때문에 매번 미루게 되는 작업이기도 하다. 정해진 마감 날짜는 없지만, 인정 때문에 또는 나에 대한 신뢰와 매체에 대한 믿음을 지속시키기 위해 빠뜨릴 수 없는 과정이다.

번역 기사 쓰기가 귀찮은 날은 일단 부엌에 서서 뭐라도 만들어본다. 떡볶이일 때도 있고 수제비일 때도 있다. 수제비처럼 손을 많이 움직이는 일은 마음을 정돈되게 하고 나아가서는 기사를 정돈시킨다. 아무 관계가 없이 보이는 두 가지 일은, 내 머릿속에서 나도 모르는 사이 자신들의 뉴런을 연결시켜 해결책을 찾아낸다.

가장 큰 고민은 나의 글이다. 쓰다 만 에세이와 쓰다 만 소설들이 컴퓨터 바탕화면에 쭉 줄을 서 있다. 어느 것을 먼저 열어볼까 하다가 금세 동작을 멈춘다. 한숨이 나온다. 만화 원작이 될 뻔한 글들도 있다. 일본어도 있고 한국어도 있고, 어찌 된 일인지 영어까지

섞여 있다. 논문의 조각도 눈에 뜨인다.

편집자들은 마감을 마련해준다. 나의 경우엔 어기는 일이 다반사다. 마음이 무겁다. 컴퓨터를 켜면 절로 한숨이 나온다. 메일을 열기가 꺼려진다. 원고 독촉이 와 있으면 어쩌지 싶어 몸을 사리게 된다. 마감은 호랑이보다도 곶감보다도 무섭다. 자꾸 도망치게 되고, 그러다 보면 결국 쓰지 못하는 쪽으로 기울게 된다. 그나마 편집자가 독촉을 잘해주는 분이면 다행이다. 그럴 땐 어떻게든 쓰게 되어 있다. 어진 편집자가 쓰는 이를 불쌍히 여겨 마감을 무한대로 늘여주기도 하는데, 결국 그 후 편집자가 이직을 해버리는 일도 있다. 그렇게 세상 빛을 보지 못한 원고가 내 컴퓨터 어딘가에서 데이터 용량을 차지하고 있을 게 뻔하다.

무엇을 쓸까, 어떻게 쓸까.

고민이 꼬리를 잇는다. 하지만, 가장 중요한 사실은 어떻게 써도 결국 내 자신의 한계와 맞닥뜨리게 된다는 것이다. 속된 말로 '뽀록난다'. 그 뽀록남이 두렵다.

자신의 한계를 애써 감추고 살았는데, 원고란 게 쓰면 쓸수록 바닥이 드러나는 작업이다 보니, 원하지도 않던 자신의 얄팍함을 마주하게 된다.

한없는 실망감이 밀려온다. 어쩔 수 없는 벽 앞에서 기어오르려고 안간힘을 쓴다. 살이 덕지덕지 붙은 엉덩이가 더 이상 못 오르겠다고 투정을 부린다. 근육이라곤 찾아볼 수 없는 양팔이 그만두라고 부추긴다. 글은 그런 것이다. 잔근육이 제대로 붙어 있어야 쓸 수 있다. 무라카미 하루키가 끊임없이 달리며 근육을 키우는 일은, 그가 꾸준히 글을 쓰는 것과도 상통한다.

완벽한 글을 쓸 수 없다는 것을 잘 알고 있다. 나에게 완벽한 글은 스탕달의 지문이다. 그의 소설에는 스토리 사이사이에 그 스토리보다 길고 긴 지문이 끼어 있다. 길거리 풍경, 바람의 속도와 방향, 여인들의 목소리, 사회적인 배경 들이 지나간다. 그러나 이러한 완벽은 오로지 나란 인간의 편견에 지나지 않는다. 그러니 완벽이란 것은 결국 개개인의 주관에 좌우될 따름이다.

그러나 글을 잘 쓰는 사람은 분명히 존재한다. 은희경이 그렇고, 김연수가 그렇고, 편혜영은 또 어떤가. 2010년 서울신문 신춘문예에 당선한 이은선 작가의 『유빙의 숲』 도주 연작 시리즈를 읽고 '헉' 하고 말았다. 가슴을 움켜쥐고 쓰러지고 싶었다. 나는 도저히 도달하지 못하는 곳에서 허탈하게 웃고 있을 게 분명한 작가의 모습이 눈에 보이는 듯하다. 생생한 스토리와 시대적 배경, 한 여인의 일생이 나의 모든 것을 사로잡았다.

글을 잘 쓰는 사람이 이렇게도 많은데 나 같은 조무래기가 과연 글을 써도 좋을까.

그런 의문은 사라지지 않는다. 그렇다고 포기할 수도 없는 노릇이다. 글을 쓰고 싶고, 글로 남기고 싶은 이야기들이 산더미처럼 쌓여 있다. 얼마간은 종이에게, 또 글을 내주시는 편집자와 출판사분들께 내내 머리를 들지 못할 것이다. 그럼에도 불구하고 계속 써나갈 작정이다.

그러는 사이 커피와 떡볶이는 절친으로 나와 함께 하리라.

'Done is better than perfect'란 말을 모 아이돌 그룹 리더를 통해 알게 되었다. 완벽함을 추구하기보다 마감을 지켜라. 마감이 무사히 끝난 날, 근사한 떡볶이를 대접하고 싶다. 상대는 편집자분들이면 좋겠고, 누구라도 좋다. 자축의 의미에서 떡볶이와 맥주를 마시자.

마감은 계속 찾아올 것이고, 마감이 있다는 축복을 고스란히 누릴 수 있는 순간에 감사하며 오늘도 끄적여본다. 시도 때도 없는 마감 앞에서 'Done is better than perfect'를 되뇌며, 나의 바닥을 두려워하지 않으리라.

Epilogue

떡볶이가 뭐라고!

떡볶이가 먹고 싶다. 절실하다.

도대체 떡볶이가 뭐라고! 이렇게나 그리운 것일까?

괜히 떡볶이가 먹고 싶은 날이 있다.

그게 뭐라고 이렇게 사람 마음을 잡아끄는 걸까?

행여 해외에 살다 보면 떡볶이가 머릿속을 가득 채워, 더이상 아무 생각도 할 수 없는 날이 있을 정도다.

떡도 구하기 힘들고 고추장을 사러 가는 것도 쉽지 않은 나라에 살면 떡볶이는 유니콘처럼 만나기 어려운, 한번 배알하면 "성은이 망극하나이다"며 고개를 조아리고 싶은 음식이다.

떡볶이에 대한 이야기들을 두서없이 추려봤다. 쓰다 보니 떡볶이를 나누고 싶은 이들이 끊임없이 솟아났다. 마흔이 넘은 엄마로 산다는 것은 외부와의 접촉을 끊고 산다는 의미이기도 한데, 그래서인지 유난히, 누군가와 떡볶이를 먹고 싶다는 문장을 되풀이하게 됐다. 나의 마음이 작정하고 시킨 일이 아닐까 싶다. 엄마로서 나의 생활을 희생하고 있다고는 여기지 않지만, 마음 한켠에선 조금쯤 나만의 시간이 필요하다고 외쳐왔던 건지도 모른다. 한 시간이라도 좋으니 마음이 맞는 사람과 떡볶이를 먹고 싶다는 단순한 바람은, 해외에 사는 이들에겐 쉽게 이룰 수 없는 꿈이기도 하다.

글을 쓰면서 여러 번 떡볶이를 해 먹었다. 동네에서 입수한 한국 재료로 만들어 먹기도 했고, 재료가 없을 땐 일본식 찹쌀떡으로 만들어보기도 했다. 이웃들을 초대해 떡볶이를 대접하기도 했다.

기름에 살짝 볶은 떡볶이가 좋다. 참기름에 떡을 볶다가 설탕을 한 줌 넣고, 고추장을 푼 간장을 넣은 조금 짭짤한 맛을 좋아한다. 손가락 굵기의 떡볶이 떡보다 덜 부담스러운 떡국떡으로 만든 떡볶이를 좋아한다. 밀떡보다는 쌀떡이다.

떡볶이의 취향은 얼마나 제각각일까? 누군가는 밀떡을, 누군가는 국물이 자작한 떡볶이를, 누군가는 혀를 내두를 정도로 매운 떡볶이를 선호할 것이다. 맵기를 다양하게 조절할 수 있고, 재료 또한 얼마든지 취향에 맞춰 선택할 수 있는 떡볶이는 그야말로 개개인의 개성과 직결되는 음식이다. 워낙 맛이 다양하다 보니, 때로는 자기만의 맛을 찾아 모험을 떠나는 이들도 있다. 누군가는 집 안에서 끊임없이 도전하거나, 누군가는 맛집의 문을 지속적으로 두드린다.

떡볶이에는 우리 눈으로 도저히 분간할 수 없는 행복이란 소스가 들어 있는 게 틀림없다. 오래 생각할 필요도 없다. 떡볶이를 먹으면 금세 행복해진다.

떡볶이를 먹을 때 생각나는 책이었으면 좋겠다. 분식점 테이블 위에 때로는 화장실에 놓여진 책이 되었으면 싶다. 명저란 자고로 화장실에 있는 법이니까……. 더 솔직하게 집집마다 한 권씩 꼭 장만하셨으면 싶다.

떡볶이로 맺어진 인연들에 감사한다. 특히 이런 좋은 기회를 주신 사장님과 편집자분께 감사를 드린다. 트위터에서 떡볶이 사랑을 펼쳐주시는 분들께, 자주 글을 쓰지는 못하지만 여전히 끄적거리는 나란 인간에게 무작정 무한한 애정을 보내주시는 분들께도 감사를 전한다.

떡볶이가 뭐라고 우리를 이렇게 미치도록 만드는지. 그럼에도 떡볶이를 사랑할 것이다.

도쿄에도 겨울이 오고 있다. 어느 계절이든 즐기고 싶다. 조금 더 많은 결실을 내놓고 싶고, 조금 더 오래 살고 싶다. 대량소비 사회에서 불필요하게 사들인 것도 덜어내고, 배에 쌓인 살들도 덜어내고 싶다.

가볍게 살고 싶다.

이제는 더 이상 어떤 직업을 가지거나 더 인격적으로 살겠다는 목표는 없다. 글을 조금 더 잘 쓸 수 있기를, 하루의 우울을 조금 떨칠 수 있기를.

떡볶이가 먹고 싶을 때 주저 없이 한국에 갈 수 있는 그런 삶을 꿈꿔본다.

떡볶이를 사랑하는 분들에게, 오늘 하루가 살아갈 만한 하루임을, 그런 하루들이 주어지기를 기도한다. 시간은 흐르고 인생은 지속되고 떡볶이는 맛있다.

겨울 도쿄에서

김민정

떡볶이가 뭐라고

여러분, 떡볶이는 사랑이고 평화이고 행복입니다

초판 1쇄 발행 | 2019년 11월 11일

지은이 김민정
발행인 이대식

기획 나은심 **편집** 김화영 나은심 손성원 김자윤
마케팅 배성진 박상준 **관리** 홍필례
디자인 모리스 **표지 일러스트** 금요일

주소 서울시 종로구 평창길 329(우편번호 03003)
문의전화 02-394-1037(편집) 02-394-1047(마케팅)
팩스 02-394-1029
전자우편 offcourse_book@daum.net
인스타그램 instagram.com/offcourse_book

발행처 (주)새움출판사
출판등록 1998년 8월 28일(제10-1633호)

ISBN 979-11-89271-99-2 03810